시간이 하는 일

KB017626

시간이 하는 일

일

권미선 에세이

허밍버드
Hummingbird

자꾸 미래를 이야기한다는 것은
지금이 마음에 들지 않는다는 뜻이다.
지금 나에게 없는 무언가를 가져야 하고,
지금의 내가 아닌 다른 누군가가 되어야 행복하다면
그 행복은 진짜일까.
간절히 원하던 곳에 도착하면 행복은 무지개처럼 한발 물러나고
우리는 다른 곳을 보며 또 다른 것을 꿈꾸겠지.

_ 188p

불행은 거기서 시작되는 것이다. 이상과 현실의 간극에서.
가난한 것은 내 생활이 아니라 마음이었다.
자꾸 뒤를 돌아보는 마음. 다른 곳을 보며 불행해하는 마음.
나는 더 이상 가난해지고 싶지 않았다.

_ 224p

다른 사람에게 필요한 것이 나에게도 꼭 필요한 건 아니라는 것.
그들이 행복을 느끼는 곳과 내가 느끼는 곳은 다르다는 것.
많은 것을 준다고 해도 바꾸고 싶지 않은 것이 나에게 있다는 것.
내 삶을 사는 것은 그들이 아니라
나라는 사실을 자꾸 떠올리다 보면 많은 것이 괜찮아진다.

_ 93p

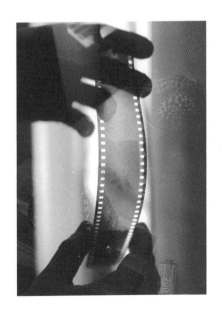

정말로 중요한 것은 밖이 아니라 내 안에 있었다.
자꾸 들여다봐야지. 물어봐야지. 살펴봐야지.

어디 잘못 꽂힌 마음은 없는지.
잃어버리고 사는 마음은 없는지.
잘 살고 있는지.

_ 243p

나는 여전히 지지 않기 위해서 애쓴다.
내가 옳다고 믿는 것을 포기하지 않고,
타인의 삶과 비교해서 마음이 가난해지지 않고,
누군가 불쑥 내던진 무례함에 감정이 휩쓸려 가지 않는 것.
마음을 좀먹는 것에 흔들리지 않고,
삶을 망가뜨리는 것에 자리를 내주지 않는 것.
내가 나를 잃지 않기 위해서.

_ 78p

내가 싫어하던 모습이 되지 않는 데는 노력이 필요할 것이다.
세상에 휩쓸려 나를 잃어버릴 때,
'이것쯤이야' 하고 쉽게 내가 나를 봐줄 때,
'원래 그렇지, 뭐' 하며 마음을 놓아 버릴 때
나는 내가 싫어하던 사람처럼 나이 들어 갈 것이다.

삶이 어디에든 발자국을 남기는 일이고
무엇이든 준 대로 돌아오는 일이라면,
조금 덜 이기적이고 조금 덜 해를 끼치고
조금 덜 나쁜 삶을 살고 싶다.

_ 183p

조급한 마음이 들 때면 시간의 힘을 믿어 보기로 한다.
시간에서만큼은 낙관주의자가 되어 보기로 한다.

_ 51p

차례

1장 ⬤ 누구에게나 각자의 속도가 있다

2장 ▲ 먹고사는 일의 기쁨과 슬픔

3장 ◆ 누군가에게 지옥이 되지 않도록

4장 ▌ 중요한 것은 내 안에 있다

누구에게나
각자의 속도가
있다

삶에 대한 태도의 문제

    한 해가 끝나 가는 연말이면 친구와 카드를 주고받았다. 그 카드에는 매년 빠지지 않는 말이 있었다.

    "올해는 정말 힘들었지? 내년에는 좋은 일이 많이 있을 거야."

    20대부터 30대 때까지 10년 넘게 카드를 주고받는데 그 문구는 단 한 해도 빠진 적이 없었다. 생각해 보면 그랬다. 힘들지 않은 해가 없었다. 매년 올해가 가장 덥다거나 가장 춥다고 호들갑을 떠는 일기예보처럼, 내 삶의 불운도 해마다 기록을 갱신하는 것 같았다. 새해가 시작될 때마다 우리는 서로의 행운과 행복을 간절히 빌어 주었지만, 한 해의 끝에서 "아, 올해는 정말 좋았어!"라고 말할 날은 좀처럼 오지 않았다. 그 시절 우리는 서로의 어깨에 기대어 삶은 왜 이렇게 고단한가 한탄했다.

그때 우리가 늘 올해가 가장 힘들었다고 말했던 것은 아직 지나가지 못한 시간, 그래서 기억이 생생한 힘듦이었기 때문이다. 어떤 일이든 시간이 지나고 나면 파스텔 톤처럼 옅어진다. 하지만 아직은 덜 마른 유화처럼 살짝 스치기만 해도 손끝에 묻어나는 일이었다. 엉망이 된 손을 들고, 우리는 항복하듯 선언했다. 올해는 그 어느 때보다 힘든 한 해였다고.

하지만 나는 언제부터인가 올해가 가장 힘들었다고 말하지 않게 되었다. 나이가 들면서 삶이 괜찮아져서였을까? 아니다. 삶은 단 한 해도 공짜로 사는 것처럼 쉬웠던 적이 없다. 나에게만 차갑고 쌀쌀맞게 구는 전학생 같았던 삶이 괜찮아진 건 삶 자체가 아니라 삶에 대한 나의 태도가 달라졌기 때문일 것이다.

어느 해, 나는 인생 최악의 해에 오를 만한 시간을 보냈다. 오래 해 오던 일에서 해고당했고, 몇 달 동안이나 일을 구하지 못했다. 난생처음 투자한 돈은 반토막이 났고, 급하게 전셋집을 빼야 했지만 집은 도무지 나가지 않았다.

15년 지기 지인과는 멀어졌으며, 믿었던 사람들이 결국 내 편이 아니라는 것을 알게 되었다. 어떻게 이런 일들이 한꺼번에 일어날까 놀라기도 버거울 무렵, A가 응급실에 실려 갔다. 예전의 나였다면 우울증에 걸리고도 남았겠지만 12월 31일에서 1월 1일로 넘어가는 새벽, 나는 힘든 한 해였다는 생각은 하지 않았다. 오히려 감사하고 다행이라는 생각 뿐이었다. 내 곁에 없었을지도 모를 A가 지금 바로 옆에 있었다. 생사를 넘나드는 상황을 벗어나서 아주 조금씩 괜찮아지고 있었다. 가족의 건강에 비하면 모든 것은 그다음 문제일 뿐이었다.

오래전, 올해가 가장 힘들었다고 말하던 시절의 나는 이루고 싶은 것이 많았다. 갖고 싶은 것도, 되고 싶은 것도 많았다. 한 해를 보낼 때면 이루지 못한 것, 되지 못한 것만 보였다. 그때의 나는 내가 가진 것들을 보지 못했다.

하지만 사랑하는 사람이 많이 아팠던 그때, 나는 잃은 것이 아니라 잃지 않은 것을 생각했다. 갖지 못한 것이 아니라 갖고 있는 것을 생각했다. 이루지 못한 것이 아니라 이룬 것을 생각했다. 그해가 최악의 해가 되지 않은 이유였다.

살다 보면 언제든 힘든 시간을 지날 수 있다. 멀미가

나도록 굴곡진 하루하루를 지날 때는 알지 못한다. 최악의 날들은 영원히 계속될 것 같고, 다시는 좋은 시간도, 웃게 될 날들도 오지 않을 것 같다.

하지만 지나간 시간과 경험으로 우리는 알고 있다. 우리를 울게 하고 힘들게 하던 일들도 결국은 흐릿해진다는 것을. 너무 달라져 길에서 만나면 모르고 지나쳐 버릴 학창 시절 동창처럼, 그 일이 어떤 일이었는지도 잊게 된다는 것을. 지금 보내는 힘든 시간들도 길고 긴 인생 그래프에서 보면 봐줄 만한 하루라는 것을. 비포장도로를 달리는 것처럼 덜컹거리는 굴곡은 조금씩이지만 우리를 앞으로 나아가게 할 거라는 것을. 이 모든 게 삶에 대한 태도의 문제라는 것을.

당신의 속도대로 갈 것

어느 해 겨울, 나는 잠을 너무 많이 잤다. 하루 종일 자고도 잠이 덜 깨서 기절하듯 쓰러져 자고 또 잤다. 오래 하던 일을 그만둔 직후였다. 일 때문에 밤낮이 바뀐 생활을 했으니 몸 컨디션이 엉망이었을 것이다. 그동안 밀린 잠을 보충하는 것이라고 생각했다. 하지만 그런 시간이 너무 오래 계속되었다. 길게는 스무 시간씩, 벌써 두 달 넘게 잠만 자고 있었다.

어느 날, A가 나를 흔들어 깨우더니 길게 한숨을 쉬었다.

"아, 뭐야. 진짜 놀랐잖아."

아침에 출근할 때도 자고 있었는데, 늦은 밤 퇴근해 돌아왔을 때도 자고 있어서 뭔가 잘못된 줄 알았다는 것이다.

나는 졸음 가득한 눈으로 "응응" 건성건성 대답하고는 다시 기절하듯 잠으로 도망쳤다. 분명 정상이라고 할 수 없었다.

결국 병원을 찾아갔다.

"너무 많이 자는 게 문제예요. 자도 자도 졸려요."

의사 선생님에게 말해 놓고 어색하게 웃었다. '이런 일로 병원에 와도 될까요? 별일 아닌 것 같은데' 하는 표정으로. 의사는 낮고 부드러운 목소리로 이것저것 물어보기 시작했고, 30분을 훌쩍 넘기고서야 처방전을 내주었다. 무리하거나 몸을 피곤하게 하지 말라는 당부와 함께.

내가 수면 문제로 병원에 다닌다고 했을 때, 사람들이 한결같이 해 준 조언은 '운동'이었다. 내 모든 문제가 운동을 하지 않아서 생긴 것처럼 운동을 하면 다 좋아질 것이라고 했다. 운동할 기력조차 없는 것이 문제라고 하면 이해하지 못했다.

"그래서 운동을 해야 하는 거야. 체력을 길러야지."

잔소리를 잘 하지 않는 엄마조차 그랬다. 내가 계속 잠만 자고 우울해하는 것이 운동을 하지 않아서라고. 나에게는 긍정적이고 활기찬 에너지가 필요하다고.

정말로 그게 문제일까. 내가 이른 새벽에 신발 끈을 졸라매고 한강변을 달리지 않기 때문에, 피트니스 클럽에서 덤벨을 들지 않기 때문에 삶이 우울해진 것일까? 그러니까 모든 것이 내 게으름과 약한 의지 때문일까? 하지만 운동을 하고 싶어도 할 수가 없었다. 그때 나에게는 신발 끈을 졸라 맬 기운조차 없었다. 그런 나에게 의사는 아무것도 하지 않아도 괜찮다고 말해 주었다.

"운동이요? 지금 체력으로는 절대 무리예요. 가만히 숨만 쉬고 있어도 힘든 상태인데."

사실 나는 그가 주변 사람들처럼 당연히 운동을 권할 줄 알았다. 하다못해 천천히 걷기나 가벼운 스트레칭이라도. 하지만 아니었다.

"나중에 해요, 나중에. 천천히. 몸 좀 좋아지고 나서. 급할 거 하나도 없어요."

천천히 하라는 그 말에 왠지 안심되었다. 지금 꼭 하지 않아도 되는 거였구나. 밀어붙이지 않아도 되는구나. 운동을 안 해서 아픈 게 아니었구나.

수면 문제가 괜찮아지고 운동도 할 수 있게 되었을 때, 예전에 하던 수영을 다시 시작했다. 접영을 배우다 만 상태였지만 수영 강습반으로는 돌아가지 않았다. 강습반에 다닐 때 쉬지 않고 몇 바퀴씩 레인을 도는 시간이 있었다. 다른 사람들에게 뒤처지지 않으려고 애쓰면서 빠르게 레인을 도는 게 너무 힘들었다. 그래야 실력이 는다고들 하지만 나는 지금 정도로도 충분했다. 그래서 자유 수영을 끊고 내 속도에 맞게 무리가 되지 않는 선에서 수영을 했다. 경쟁도, 부담도 없는 시간. 수영하는 시간은 언제나 즐거웠다.

하지만 어디든 훈수를 두는 사람이 있기 마련이다. 상급반 동료들과 레이스를 펼치곤 하는 사람이 한마디 한다.

"지금 발레 해요? 무슨 수영을 그리 우아하게 하신대. 그렇게 하면 안 늘어요."

"저는 이대로가 좋아요."

조언해 주고 싶어서 안달 난 그를 피해 도망치듯 물속으로 들어간다. 그는 더 빨리 가는 것이 목표인 사람이지만 나는 아니다. 속도로 누군가를 이기고 싶은 마음도, 더 잘하고 싶은 욕심도 없다. 그냥 물속에 있는 것이 좋고, 느긋하게 그 시간을 즐기고 싶을 뿐이다. 복잡한 생각은 지워지고 나와 물과 찰박찰박 소리와 가벼운 움직임만 있는 시간. 그 시간을 숨을 몰아쉬며 힘들게 보내고 싶은 생각은 없다.

자신의 속도대로 가는 것. 간단한 이치인데 삶에서는

종종 그게 어렵다. 앞선 사람의 등을 보면서 조급해하고 초조해하고 좌절하지 않기. 천천히 내 속도에 맞춰서 가기. 수영도, 삶도.

쉽다고 계속 쉽지는 않았지만,
어렵다고 계속 어렵지는 않았다

아침마다 운동 겸 산책을 한다. 길의 절반은 평지이고 절반은 소나무숲이다. 소나무숲에는 가파른 언덕이 많다. 평지를 걸을 때는 가볍게 산책하는 기분이지만, 언덕을 오를 때는 꼭 벌받는 기분이 든다. 오르막이 유난히 가팔라서 더 그럴 것이다. 한겨울에 눈썰매를 타고 내려오면 엄청난 스릴을 느낄 만한 기울기다. 숨이 턱 끝까지 차서 언덕을 오르고 나면 보상처럼 완만한 내리막이 이어진다. '오르막이 조금 덜 가파르고, 대신 내리막이 조금 더 경사져도 좋을 텐데' 하고 언덕을 오를 때마다 생각했다.

유난히 오르막이 고되게 느껴지던 날, 문득 궁금증이 생겼다. 지금까지와는 반대로 코스를 돌면 더 쉽지 않을까? 오르막은 내리막이 되고, 내리막은 오르막이 될 테니 말이다. 그 길을 1년 넘게 다니면서 왜 한 번도 생각해 보지 않았을까.

당장 반대로 방향을 틀었다. 늘 쉽게 내려가던 내리막은 이제 완만한 오르막이 되어 내 앞에 있었다. 등반하듯 애쓰지 않아도 되었다. 허리에 손을 얹고 숨을 몰아쉬지 않아도 되었다. 이렇게 가볍게 올라가는 걸 나는 그동안 힘든 오르막은 더 힘들게, 쉬운 내리막은 더 쉽게 걷고 있었다.

앞으로는 방향을 바꿔서 산책해야겠다고 생각했다. 그런데 언덕에 올라서 아래를 보니 내려갈 길이 까마득했다. 롤러코스터의 급강하 구간 같았다. 잘못해서 미끄러지기라도 하면 크게 다칠 것이다. 엉거주춤한 자세로 조심조심 걸었다. 하지만 경사도가 너무 커서 운동화 바닥이 조금씩 밀렸다. 넘어지지 않으려고 어찌나 힘을 주고 걸었던지 언덕을 내려오자 다리가 후들거렸다. 안도의 한숨이 절로 나왔다.

완만한 오르막에 평탄한 내리막. 그렇게 쉽기만 한 길이 있을 리가 없었다. 가파른 오르막을 걷고 그다음 완만한 내리막을 걷느냐, 무난한 오르막을 걷고 그 뒤에 급경사의 내리막을 걷느냐. 어려운 것과 쉬운 것, 어떤 것이 먼저인가 하는 문제일 뿐이었다.

　나는 처음 길이 더 좋았다. 먼저 힘든 것이 나왔다. 힘들게 오르막을 오른 다음 조금 쉬운 길을 내려오는 것. 무엇보다 다칠까 봐 마음이 불안한 것보다는 몸이 힘든 쪽이 나았다.

　그러고 보니 한강변에서 자전거를 탈 때도 비슷했다. 처음 염창에서 선유도공원을 지나 여의도까지 갔을 때였다. 가는 내내 뒤에서 바람이 불어와 등을 밀어 준 덕분에 별로 힘들지 않았다. 몇몇 구간에서는 페달을 거의 밟지도 않아서 공짜로 간 기분이었다. 예상했던 시간보다 훨씬 빨리 반환점에 도착해서는 장거리도 생각보다 별것 아니라고 우쭐해했다.

　그런데 집으로 돌아가려고 방향을 트는 순간, 페달이 너무 무거웠다. 오는 동안 친절하게 등을 밀어 주던 바람이 이제는 맞바람이 되어 온 힘을 다해 나를 밀어냈다. 거센 바람을 안고 달리려니 좀처럼 속도가 나지 않았다. 차라리 걷는 것이 더 빠를 정도였다. 결국 왔던 시간의 두 배가 걸려서 간신히 집에 도착했다. 다리에 힘이 완전히 풀렸고, 며칠을 근육통으로 고생했다.

그날 이후 출발하는 길에 맞바람을 만나면 오히려 다행이라고 생각했다. 가는 길은 느리고 힘들지만 돌아올 때는 바람의 방향이 바뀔 것이다. 힘이 빠졌을 즈음 등 뒤에서 부는 바람 덕분에 쉬엄쉬엄 돌아올 수 있을 터였다. 반대로 출발할 때 등 뒤에서 바람이 불면, 쉬운 길이지만 힘을 아끼며 달렸다. 돌아올 때 힘들 테니까. 맞바람을 안고 달릴 힘이 필요하니까.

우리가 가는 길에서 바람은 언제든 방향을 바꿀 것이고, 오르막과 내리막은 끊임없이 이어져 있을 것이다. 어떤 길이든 쉽다고 계속 쉽지는 않았지만, 어렵다고 계속 어렵지는 않았다. 영원히 오르막만 계속될 것 같았던 길에도 휴식 같은 내리막은 있었고, 나를 밀어내던 바람도 시간이 지나면 내 편이 되어 등을 밀어 주었다. 계속 같지는 않다는 것, 그 단순한 진리가 참기 힘든 하루를 지나야 할 때 큰 힘이 되어 주었다.

세상이 끝나는 줄 알던 때가 있었지

다큐멘터리 팀의 막내 작가로 일한 적이 있다. 내가 할 일은 아침에 출근해서 퇴근할 때까지 전화통을 붙들고 내로라하는 영화인들을 섭외하는 것이었다. 당시 우리나라를 대표하는 감독, 배우, 제작사 대표는 거의 다 포함되었다. 당시 나는 나의 쓸모를 증명하는 데 온 힘을 쏟았다. 몇 명쯤 인터뷰를 거절한다고 인생이 끝나는 것도 아닌데 나에게는 그것밖에 보이지 않았다. 섭외한 사람에게 출연 승낙을 받으면 하루 종일 기뻐서 어쩔 줄 몰랐고, 거절당하면 밥을 먹지 못했다. 오늘 치 일을 다 해냈는지 아닌지에 따라 퇴근하는 발걸음이 달라졌다.

하루는 당시 우리나라에서 가장 유명한 감독을 섭외

해야 했다. 인터뷰에 꼭 필요한 사람이라 심호흡을 백 번쯤 하고 회사 대표에게 전화를 걸었다. 다행히 이야기는 잘 풀리는 듯했다. 나는 간절함을 담아서 인터뷰에 꼭 응해 주시면 좋겠다고, 가장 중요한 분이 인터뷰를 안 해 주시면 다큐에 의미가 없어진다고 힘주어 말했다. 그런데 그 말이 못마땅했는지 갑자기 차가운 말투로 변했다.

"도대체 꼭 해야 하는 게 어디 있죠? 의무를 강요하면 안 되죠."

결국 인터뷰는 거절당했고, 그는 이런 전화는 다시 받고 싶지 않다며 전화를 끊었다. 가장 유명한 감독이 빠진 다큐라니 있을 수 없는 일이었다. 내가 다큐 전체를 망쳐 놓은 것 같았다. 세상이 끝난 기분이었다. 눈물이 불쑥 치솟아서 화장실로 달려갔다. 다른 어떤 최악의 일이 일어난다 해도 이것보다 더 좌절되지는 않을 것 같았다. 도망가고 싶었다. 하지만 갈 데가 없었다. 여기서 도망치면 영영 작가 일은 못할 것 같았다.

세수를 하고, 진정을 하고, 목소리를 가다듬고, 사무실로 돌아가서 대표에게 다시 전화를 걸었다. 전화하지 말라는 것이 그의 마지막 말이었지만 어쩔 수가 없었다. 화난 목소리로 전화를 끊을지도 몰랐다. 하지만 예상과 달리 대표는 차분하게 내 이야기를 들어 주었다. 절박한 심정으로 사과하고 재차 인터뷰를 부탁했을 때는 웃음을 터뜨렸다. 알았다고, 인터뷰에 응하겠다고, 시간도 넉넉히 주겠다고. 그러면서 한마디 덧붙였다.

"아니, 이게 뭐 그렇게 큰일이라고 울기까지 해요?"

맹맹한 콧소리에 떨리는 목소리. 운 티가 난 모양이었다. 그 말에 괜히 더 울컥했다.

"인터뷰를 못 할까 봐요. 저 때문에 다큐를 망치면 안 되잖아요."

나보다 사회생활을 수십 년은 더 했을 그는 인생 선배로서 사회 초년생에게 한마디 해 주고 싶었던 것 같다.

"내가 중요하다고 생각한 일이 안 되면 세상이, 인생이 끝나는 것 같죠? 살아 보니 안 그래. 세상에 이거 아니면 절대 안 된다는 일은 없어요. 조금 느긋해져도 좋을 거예요."

그때는 섭외가 되었다는 기쁨이 커서 조언을 깊이 생각해 보지 않았다. 아니, 깊이 생각했더라도 이해할 수 없었을 것이다. 당시 나에게는 그 일이 전부였다. 반드시 잘해 내야 했다. 그래서 일하는 내내 전전긍긍했고, 절박했고,

자주 자책했다. 늘 긴장했고, 걱정이 많았고, 웅크리고 잠을 잤다. 그때 내가 스스로를 닦달하면서 섭외한 영화인은 백명이 넘었다. 하지만 다큐에는 그들 중 겨우 몇 명의 인터뷰만 들어갈 예정이었다. 심지어 중간에 기획 방향이 완전히 달라지면서 내가 한 섭외는 거의 의미 없는 일이 되고 말았다. 몇 달의 고생이 헛수고가 되었던 것이다.

그 뒤로도 일은 거짓말쟁이 애인처럼 종종 나를 배신했다. 애쓴다고 꼭 결과가 좋은 것도, 노력한 만큼 보상이 따라오는 것도 아니었다. 그래도 오랫동안 이거 아니면 안된다는 마음으로 살았다. 일이 잘못되면 인생이 끝나기라도 한 것처럼 굴었다. 그때의 나는 자주 불안했고 불행했다.

오래전, 인생 선배가 해 주었던 조언은 많은 일들을 겪고 난 뒤에야 깨닫게 되었다. 내가 중요하다고 생각한 일, 그게 없으면 세상이 끝나는 줄 알았지만 아니었다. 없어도 살아졌고, 익숙해졌고, 괜찮아졌다. 그것밖에 보이지 않아서 겁을 먹었던 것일 뿐이었다. 고개를 들어 보면 보인다. 없어도 되는 것이. 꼭 그거 아니어도 되는 것이.

지금, 여기

여행을 마치고 돌아왔다. 언제나 그랬듯이 여행 전에 여유롭게 짐을 쌀 시간은 없었다. 집 안에는 서두르며 떠난 흔적이 고스란히 남아 있었다. 싱크대에 넣어 두고 간 머그잔, 구겨진 침대 시트, 그 위에 던져 놓은 잠옷, 반쯤 열린 채로 헝클어진 서랍장, 뚜껑이 완전히 닫히지 않은 화장품, 한 짝이 뒤집혀 있는 슬리퍼까지. 모든 것이 마지막으로 집을 나설 때 모습 그대로였다. 내가 없는 사이 누군가 와서 정신없는 집을 정리해 주고 갔을 리 없었다. 그런데도 떠날 때와 너무나 똑같은 모습은 모든 것이 잘 계산된 드라마 세트장처럼 오히려 비현실적이었다.

몇 주 전 모습 그대로인 집처럼 나도 달라진 것이 없었다. 잠깐 기분 전환이 되고 즐거웠지만, 그것뿐이었다.

내가 있는 이곳이 싫어서 자꾸만 다른 곳을 곁눈질하던 때가 있었다. 그곳에 가면 좋은 일이 생기고 고민이 다 해결될 것 같았다. 문제집 뒤에 붙어 있는 답안지처럼 친절하게 정답을 가르쳐 줄 것 같았다. 전혀 다른 내가 될 것 같았다. 그래서 이곳의 삶이 낡아 빠진 신발처럼 느껴질 때마다 여행을 떠났다.

그 시절, 여행은 멋진 터닝 포인트처럼 보였다. 고민이 해결되고, 마음이 바뀌고, 새 삶이 시작되는 계기. 물론 잠깐은 조금 다른 내가 되기도 했다. 높은 톤의 밝고 가벼운 영어 말투처럼 명랑하고 친절한 사람. 하지만 딱 거기까지였다. 여행지에서 했던 다짐들은 방학 첫날 벽에 붙여 둔 생활 계획표처럼 유효기간이 짧았다. 모든 것은 탄성 강한 스프링처럼 순식간에 제자리로 돌아갔다.

떠나기만 하면 저절로 해결될 것 같았던 고민들도 공항에 도착하는 순간, 귀국 환영 플래카드를 들고 마중 나와 있었다. 여행하는 사이 잠시 잊혔을 뿐, 사라지지 않았다. 바퀴가 고장 난 여행 가방처럼 무겁고 짐스러운 그 고민들을 이끌고 다시 집으로 돌아왔다.

이곳에서 찾지 못한 답을 다른 곳에서 찾을 수 있을까. 여기에 없는 답이 다른 곳에 있을 리 없었다. 나는 지금 이곳이 싫다는 이유로 훌쩍 떠나는 일을 그만두었다. 돌아오면 기분 좋은 꿈과 팍팍한 현실 사이에서 내가 있는 곳이 더 싫어질 뿐이었으니까. 게다가 떠난다고 간단히 해결될 문제라면 달콤한 초콜릿 무스 하나에 힐링받았다고 이야기할 때처럼 애초에 대단한 고민은 아니었을 것이다.

삶을 바꾸는 데 중요한 것은 장소가 아니었다. 떠난다고 달라지는 것도, 떠나지 못한다고 달라지지 않는 것도 아니다. 여기서 괜찮지 않다면 다른 곳에서도 괜찮지 않을 것이고, 여기서 괜찮다면 다른 곳에서도 괜찮을 것이다. 그러니 문제가 있다면 지금 여기에서 해결할 것. 고민도 즐거움도 뒤로 미루지 않기. 그게 지금 내가 있는 곳을 괜찮게 만드는 일이니까.

한때 소중했던 것들이 사라져도
나는 여전히 나

여행에서 돌아올 때마다 영수증을 모두 챙겨 왔다. 마트, 식당, 관광지에서 받은 영수증은 비행기나 기차, 박물관 티켓과 함께 추억 상자에 넣어 두었다. 영수증은 사진과 같아서 지난 시간을 기억한다고 생각했다. 어디에 가서, 어떤 것을 보고, 어떤 음식을 먹고, 어떤 물건을 샀는지 영수증에는 모두 남아 있었다. 연도별로, 여행지별로 정리된 영수증은 몇 개의 상자를 가득 채울 정도가 되었다.

여행 계획을 세우면서 예전에 갔던 여행지의 영수증을 찾아볼 일이 있었다. 그런데 종이에 적힌 글씨가 너무 희미해서 하나도 알아볼 수 없었다. 시간이 오래 지나서 잉크가 지워져 버린 것이다. 다른 상자 속 영수증도 마찬가지였다. 허탈했다. 소중하다고 모아 둔 것이 어느 순간 쓸모없는 하얀 종잇조각이 되어 있었다.

나는 물건을 잘 버리지 못하는 사람이었다. 추억이라는 이름이 붙은 것들은 특히 더 그랬다. 초등학교 때 친구에게 받은 귀걸이 한 짝, 다 늘어난 카세트테이프, 처음 샀던 노란색 삐삐 같은 물건이 상자 안에 가득 쌓여 있었다. 공연장, 미술관, 영화관 티켓과 팸플릿을 모아 둔 상자도 몇 개나 되었다. 소중하다며 남겨 두었지만, 여행지 영수증 상자처럼 몇 년 동안 열어 보지도 않았다.

생각해 보면 내가 잘 버리지 못하는 것은 물건만이 아니었다. 기억도 그랬다. 그만 잊고 놓아주어야 할 것들을 계속 붙들고 있을 때가 많았다. 복잡하게 엉킨 넝쿨에 발이 걸리듯이 지난 시간들에 자꾸 걸려 넘어지느라 삶이 무거워지고 있었다.

좋은 추억도 안 좋은 기억도 그 자리에 두고 가야 할 때가 있다. 좋은 추억은 자꾸만 뒤를 돌아보게 하고, 안 좋은 기억은 떠올릴 때마다 상처가 된다. 둘 다 지금이라는 시간을 제대로 살지 못하게 한다.

나는 영수증, 아니, 이제는 텅 빈 종이에 불과한 지난 시간의 흔적들을 하나하나 버리기 시작했다. 상자 몇 개를 다 버리고 나서는 공연 티켓과 팸플릿이 든 상자들을 비웠다. 도저히 비울 수 없을 것 같던 책장의 책들도 절반이나 정리했다. 처음이 어렵지, 한번 버리기 시작하니 버려졌다. 버리니까 가벼워졌고.

무언가를 버린다고 삶이 완전히 달라지는 것은 아니지만 조금 더 단순해지는 데, 생각을 정리하는 데는 도움이 되었다. 물건을 버리는 것에서 시작해 마음에 오래 담아 둔 일, 내가 나를 괴롭게 하는 일도 조금씩 버리게 되었다. 물건을 버린다는 것은 결국 생각을 버리기 위한 연습인지도 모르겠다.

그동안 해 오던 일을 그만두게 되었을 때도 가장 먼저 집 안을 정리했다. 그건 지난 시간에 안녕을 고하는 일종의 의식이었다. 그때 나는 많은 것들을 버렸는데, 차마 버릴 수 없다고 마지막까지 남겨 두었던 것도 다 정리했다. 그 모든 것들을 버리고도 나는 괜찮았다.

그때 알았다. 한때 소중했던 것들이 사라져도 나는 여전히 나라는 것을. 지금까지와는 다른 길을 가더라도 나는 괜찮을 거라는 것을.

과거로 돌아간다고 해도
똑같은 선택을 하겠지

　　유럽을 여행하던 중 옷 가게에서 예쁜 카디건을 발견했다. 한국에서는 볼 수 없는 독특한 디자인이라 하나 사고 싶었는데 색깔을 고르는 것이 문제였다. 흰색과 보라색. 느낌이 서로 달라서 하나를 선택하기가 힘들었다. 흰색을 입으면 흰색이 마음에 들고, 보라색을 입으면 보라색이 마음에 들었다. 몇 번을 입어 보고 또 입어 봐도 결정만 어려울 뿐이었다. 다른 도시로 떠나야 해서 빨리 골라야 했지만 어떤 걸 선택해도 아쉬움이 남을 것 같았다.

　　언제나 그랬던 것 같다. 무언가를 사려고 할 때면 꼭 둘 중 하나를 골라야 할 때가 많았다. 고민 끝에 하나를 고르지만 선택하지 않은 것에 대한 아쉬움은 남았다. 내가 고른 것을 아주 잘 입거나 잘 쓴 경우에는 더 그랬다. 이렇게 잘 입는데 다른 색으로 하나 더 살걸. 하지만 뒤늦게 하나 더 사려고 해도 구할 수 없는 경우가 많았다.

카디건을 들고 한참 고민하다가 결국 두 가지 색을 다 샀다. 아쉬움을 남겨 두고 싶지 않았다. 더구나 이 먼 곳까지 다시 올 수는 없을 테니까.

그런데 한국에 돌아온 이후 그 카디건을 잘 입지 않았다. 어떤 색이 더 좋을까 고민했던 것이 무색할 정도로 둘 중 어느 옷에도 손이 가지 않았다. 남겨진 아쉬움이 없어서였을까. 둘 중 하나만 사 왔으면 어땠을까. 고르지 않은 한 가지를 아쉬워하며 더 잘 입지 않았을까. 사람이란 부족해야 희소가치가 있다고 느끼는지도 모르겠다. 생각해 보니 끝내 한 가지를 고르지 못하고 흰색과 검은색, 두 가지 색상의 바지를 모두 샀을 때도 그랬다. 둘 다 잘 입지 않았다.

결국 고민이 되더라도 선택해야 한다는 것일까. 선택하지 않은 것이 있어야 내가 선택한 쪽이 소중해진다는 것은 아닐까.

살다 보면 선택할 일들이 많다. 그 선택을 후회 없이 결정하는 일은 언제나 어렵다. 인생이란 카디건 색상을 고르듯이 "둘 다 사지, 뭐"가 되지 않는다. 무엇이든 하나를 골라야 하고, 어떤 것을 고르든 아쉬움은 남을 것이다.

인생의 중요한 순간마다 내가 선택하지 않은 일과 가지 않은 길이 있었다. 삶이 단단히 묶인 매듭 같아서 도저히 풀리지 않을 때 나는 내가 선택하지 않은 그 일을, 가지 않은 그 길을 자주 생각했다. 생각의 끝에서 만나는 것은 불행과 우울이었다. 지금 나에게 없기 때문에 아쉬움이 되고 동경이 되었을 것이라는 생각은 그땐 하지 못했다. 어떤 선택을 했더라도 선택하지 않은 쪽을 아쉬워하며 곁눈질했을 것이라는 생각도.

인생의 갈림길마다 선택을 대충 했다고는 생각하지 않는다. 그때는 그것이 나를 위한 최선이라고 믿었을 것이다. 미래를 모른 채 다시 과거로 돌아간다면 아마 또 똑같은 선택을 하겠지.

그런 생각도 해 본다. 매 순간 서로 정반대의 선택을 한 두 명의 내가 있다고 해도 결국 어느 순간에는 같은 자리에서 만나게 될 것 같다고. 그게 나라는 사람일 테니까. 나라는 사람은 결국 그런 선택을 할 테니까.

시간과 복리의 마법

　　미래를 생각하면 불안했다. 나는 불안정한 프리랜서였고, 예전에 비해 수입이 점점 줄고 있었다. 수입에 맞게 지출 규모를 줄였지만 그래도 꼭 써야 할 것은 있었다. 지금이야 그렇다 쳐도 앞으로 일을 하지 못하게 되면 어쩌나 걱정되었다. 현재는 답답했고 미래는 암울했다. 무언가 빨리 방법을 찾아서 안심할 만한 결과를 얻고 싶었다. 부자까지는 바라지도 않았다. 미래가 불안해서 잠 못 이룰 정도만 아니어도 좋았다. 하지만 나에게는 그 정도도 너무 힘들어 보였다. 지금 무언가 하지 않으면 앞으로는 더 어려울 텐데……. 마음이 조급해졌다. 조급함은 현재도, 미래도 잘 보지 못하게 했다.

그런 내가 불안과 조급함에서 벗어나게 된 것은 시간과 복리에 대한 이야기를 알고 나서부터였다. 이자에 이자가 붙는 복리는 짧은 시간 안에는 효과가 별로 눈에 띄지 않는다. 보이지도 않던 눈송이가 집채만 한 눈덩이가 되기까지는 시간이 필요하다. 시간이 길어질수록 그 힘은 무서울 정도가 된다.

워런 버핏이 세계 최고의 부자가 된 것은 50대 이후였다. 물론 그 전에도 부자였지만, 그에게 대단한 부를 안겨준 것은 시간과 복리의 힘이었다. 그게 아니었다면 그만한 부를 일구지 못했을 것이다. 그에게 투자했던 사람들도 마찬가지였다. 워런 버핏에게 1천만 원을 맡겼던 한 남자의 50년 뒤 수익이 놀라웠다. 10년까지는 1억, 20년까지는 10억이었던 수익이 30년 차로 들어서면서 무서운 속도로 늘어나서 50년 후에는 무려 5천 억으로 불어났다. 이 깜짝 놀랄 만한 마법의 비결은 시간과 복리였다.

시간과 복리가 나를 대단한 부자로 만들어 줄 수는 없겠지만 내가 꿈꾸는 소박한 삶 정도는 가능할 것이다. 지금 당장을 보면 암울하더라도 고개를 들어 멀리 보면 그리 절망적인 상황은 아니라는 생각이 들었다. 나는 불안하게 휘청거리는 마음을 내려놓을 수 있었다.

우리의 불행은 조급함이 만들어 낼 때가 많다. 어디 경제적인 문제뿐일까. 서툰 일도 시간이 흐르면서 능숙해지는 경우가 많았다. 어찌할 바 모르던 사람과의 관계도 시간과 함께 괜찮아졌다.

그러니 조급한 마음이 들 때면 시간의 힘을 믿어 보기로 한다. 시간에서만큼은 낙관주의자가 되어 보기로 한다.

나는 원래 그렇다는 말

　나는 과일을 잘 먹지 않는 사람이었다. 편식이 심한 데다 입까지 짧았던 어린 시절에는 과일은 왜 먹는지 모르겠는 음식이었다. 단맛과 신맛을 싫어하는 나에게 대부분의 과일은 너무 달거나 너무 시었다. 돈을 아껴야 하는 자취생으로 살 때는 내 돈 주고 사 먹기에는 너무 비싼 음식이었다. 물론 꼭 그 이유만은 아니었다. 어쩌다 생긴 과일도 냉장고에서 곰팡이를 키우거나 수분 쪽 빠진 다이어터처럼 말라 간 것을 보면 귀찮다는 이유도 컸다. 저걸 언제 물에 깨끗하게 박박 씻고 칼로 껍질을 벗겨 내고 먹는담. 생각만 해도 너무 귀찮았다. 냉장고 문을 열었다가도 도로 닫았다.

　물론 가장 큰 이유는 군이 찾아 먹지 않아도 될 정도로 그 맛을 잘 몰랐다는 것이다. 과일뿐인가. 채소도 마찬가지였다. 상추나 깻잎 같은 생채소는 물론이고, 김치며 나물 같은 것도 별로 좋아하지 않았다. 그런 내가 완전 채식을 시작하면서 과일과 채소를 먹기 시작했다.

처음엔 사실 맛에 대한 기대감이 별로 없었다. 과일이야 그렇다 쳐도 채소는 무슨 맛이 있을까. 쓴맛 나는 채소를 빼면 무(無) 맛, '아무 맛 없음'일 것이라고 생각했다.

초반에는 그랬던 것도 같다. 하지만 된장이나 고추장 같은 양념장 하나 없이 단순한 재료 본연의 맛에 길들자 내가 느끼는 맛도 변했다. 순수한 채소의 맛이 느껴지기 시작한 것이다. 어떤 채소는 달큼하고 어떤 채소는 고소했다. 어떤 채소에는 특유의 짭짤한 맛이 있다는 것도 처음 알았다. 세상에, 채소가 이렇게 맛있을 줄이야. 이런 맛을 그렇게 오랜 세월 모르고 살았다니.

오래전 엄마가 채소와 과일을 내 앞에 슬며시 놓아 주면 감기약을 먹어야 하는 아이처럼 인상을 찌푸리고는 했었다.

"싫어. 나 원래 안 먹잖아."

그 말은 엄마의 잔소리를 막는 가장 확실한 방법이었다.

나는 원래 그렇다는 말, 나는 절대 안 그렇다는 말처럼 깨지기 쉬운 말이 또 있을까. 원래 안 먹는다던 나는 이제 채소와 과일을 아주 좋아하고 매일 챙겨 먹는다. 나도 내가 이렇게 변할 줄 몰랐다. 절대 OO 하지 않는 사람이란 없다. '원래'와 '절대'라는 말에 가두어 둔 신념은 언제라도 쉽게 허물어질 수 있다.

　사람들은 자신의 생각과 신념이 영원할 것처럼 고집을 부린다. 하지만 우리는 어떻게든 변할 수 있고, 지금과는 완전히 달라질 수도 있다. 내일의 날씨처럼, 바람의 방향처럼. 그러니 조금 더 유연하게 살아도 괜찮을 것 같다. 약간의 여지를 만들어 둘 것. 나중에 내가 달라졌을 때 너무 머쓱해지지 않도록. 인생은 우리를 언제 어디로 어떻게 데려다 놓을지 모르니까.

생각은 내가 아니다

'그건 아니지' 부장이 있었다. 자의식이 강한 사람이었는데 다른 사람의 의견은 그것이 무엇이든 무조건 반대부터 했다. 누가 무슨 이야기를 하든 "아, 그건 아니지!" 하며 토를 달고 시작했다. 의견 대립이 많은 회의는 물론이고, 하다못해 점심 메뉴를 고르는 것까지 거의 모든 일에 그랬다.

처음 그와 일할 때 마음고생이 많았다. 같이 회의할 생각만 해도 가슴이 답답해졌다. 말도 안 되는 고집을 어떻게 꺾고 설득시키나 머리가 아팠다. 매일 그와 부딪치고 나면 진이 다 빠졌다. 그때 내가 힘든 이유는 당연히 사사건건 반대하는 그 사람의 좁은 생각과 고집 때문이라고 생각했다. 문제의 원인이 모두 그에게 있다고. 하지만 힘든 마음을 풀기 위해 책을 읽고 명상을 하다가 어느 순간, 내가 그 사람과 별로 다르지 않다는 것을 깨달았다. 나도 그만큼이나 고집을 부리고 있다는 것을.

　우리는 내 생각, 내 의견, 내 고집처럼 내 것이라고 믿는 것들을 중요하게 여긴다. 그런데 내 안에서 나왔다고 그게 순수하게 내 것일까? 텅 빈 백지 상태에서 아무것도 보지 않고, 듣지 않고, 배우지 않고 스스로 알아낸 것들이라면 그럴지도 모르겠다. 하지만 무인도에 혼자 있지 않는 이상 그것은 불가능하다.

　우리의 생각이라는 것은 주변의 수많은 영향으로 만들어진다. 학교에서 배운 것, 책이나 TV나 인터넷에서 본 것, 누군가의 말이 내 안에 쌓여서 생각이 되고 의견이 된다. 순전히 내 것이라고 믿었던 생각은 내가 추가한 약간의 양념에 지나지 않을지 모른다.

　사람들은 자신의 의견을 자아처럼 생각한다. 의견이 거절당하면 내가 거절당했다고 여긴다. 내 의견을 지키는 게 나를 지키는 것이라고 생각한다. 그래서 누군가 내 의견에 반대하거나 토를 달면 그렇게나 기분이 나쁜 것이다.

자기 의견을 내세우기 위해서 "그건 아니지!"로 시작했던 부장처럼 나 역시 마찬가지였다. 그가 자신의 생각을 고집했듯 나도 내 생각을 고집했다. 나에게는 내 아이디어가 당신 것보다 훨씬 뛰어나다는 마음, 내 의견은 옳고 당신 의견은 틀렸다는 마음이 있었다. 내 생각을 지키기 위해 당신에게 밀리고 싶지 않다, 절대 지지 않겠다는 마음이 있었다.

하지만 내 생각, 내 아이디어, 내 것이라고 믿은 것들은 결국 순수하게 내 것은 아니었다. 누군가의 생각에 많은 부분 빚졌을 것이고, 나는 그걸 조금 다듬고 보탰을 것이다. 내 것이라 할 게 없는 것을 고집스럽게 붙들고 있었다. 이기지 못한다고 괴로워했다.

내가 나라고 믿었던 내 생각은 그동안 수없이 달라졌다. 오래전 했던 생각과 말 중에는 부끄러워서 다시는 떠올리고 싶지 않은 것도 많다. 생각은 변하고 나도 변한다. 영원한 것은 없고 온전한 내 것도 없다.

모든 일에는
그럴 만한 이유가 있다

　일을 구하기가 쉽지 않았다. 전에 같이 일하던 사람들에게도 부탁했지만 하나같이 어렵다고 했다. 시기가 좋지 않았다.

　"알잖아, 코로나 때문에. 지금은 있던 사람도 나가는 상황이니까."

　마지막으로 기다리고 있던 사람에게 '미안하지만'으로 시작하는 메시지를 받은 것이 며칠 전이었다. 반년마다 자리가 생기는 일의 특성상 이번에 일을 구하지 못하면 다시 6개월을 고스란히 쉬어야 했다. 머릿속이 복잡했다. 책을 펴 놓았지만 눈에 들어올 리가 없었다. 같은 줄만 몇 번째 다시 읽고 있었다. 지금 상황에 소설 같은 것이 다 무슨 소용이람. 책을 덮었을 때 전화벨이 울렸다.

엄마였다. 도저히 통화할 기분이 아닐 때 엄마는 전화를 걸어오고는 한다. 휴대전화를 그냥 내려놓았다가 다시 집어 들었다. 지금 받지 않으면 몇 번이고 다시 할 것이다. 하기 싫은 숙제는 빨리 해 버리는 것이 낫다.

그런데 내 가라앉은 목소리에도 엄마는 무슨 일이냐고 묻지 않았다. 목소리 같은 것은 문제가 되지 않을 정도로 다른 큰일이 있는 것이다. 엄마는 울고 있었다. 미간이 저절로 찡그려졌다. 엄마는 하루에도 몇 번씩 전화를 걸어와서 걱정의 말을 하거나 울었다. A가 건강 문제로 시골 본가로 내려간 이후로 자주 있는 일이었다.

작은 일에도 너무 크게 걱정을 하는 사람이니 이번에도 마찬가지일 것이라고 생각했다. 코로나 때문에 정기검진을 두어 달 미루기는 했지만, 이전 결과가 괜찮았다. 몇 달 사이에 급격하게 나빠질 이유가 없었다. 일 때문에 신경이 곤두서 있던 나는 "어떡하지? 어쩜 좋아?" 하고 묻는 엄마에게 퉁명스럽게 굴었다.

"나도 힘들어. 나보고 뭘 어쩌라는 거야?"

그런데 전화를 끊고 나서 마음 한구석이 이상하게 불

안해졌다. 별일 아닐 것이라고 생각하면서도 혹시나 하는 마음에 A의 주치의와 약속을 잡았다. 그런데 상태를 전해 들은 의사가 다급하게 말했다. 응급 상황이니까 지금 당장 입원해야 한다고. 한시가 급하다고. 머리가 핑 돌았다. 관리만 잘하면 괜찮다던 몸 상태가 이렇게 갑자기 나빠지다니 말이 되지 않았고 이해가 되지 않았다.

햇빛이 쏟아져 들어오는 병원 복도에서 나는 혼자 어두운 싱크홀에 빨려 들어가는 기분이었다. 무엇이 문제였을까. 어디서부터 잘못됐을까. 수학 문제 풀이를 찬찬히 되짚어 보듯이 묻고 또 물었다. 하지만 의사도 모르는 답을 내가 알 리 없었다. 그 뒤 모든 일이 급박하게 돌아갔다. 다른 것은 생각할 겨를이 없었다.

그해 봄이 어땠는지는 전혀 기억이 없다. 나는 응급실에 따라 들어갔던 옷차림 그대로 본가로 내려갔다. 시시각각 달라지는 A의 컨디션을 하루 종일 곁에서 지켜보며 정신없는 몇 달을 보냈다. 천만다행으로 위험한 상황은 벗어났고, 느리지만 조금씩 좋아지고 있었다. 찬 바람이 불기 시작할 무렵 겨우 한숨 돌릴 수 있었고, 생각이라는 것을 할 수 있게 되었다.

그때 내가 자주 했던 생각은 일을 구하지 못해서 정말 다행이라는 것이었다. 만약 일을 하고 있었다면, 특히나 그 일이 내가 원하던 일이고 보수가 높았다면 나는 많은 부분에서 망설였을 것이다. 엄마가 전화했을 때 아마 바쁘다는 핑계로 건성으로 전화를 받았을 것이다. 별일 아니라며 다음 검진 때까지 기다려 보라고 미뤘을 것이고, 긴 시간을 기다려서 주치의를 만날 생각을 하지 못했을 것이다. 응급실에서 며칠 밤을 새우는 게 버거웠을 것이고, 입원 중에 받았던 그 모든 검사와 치료를 함께하지도 못했을 것이다. 하루 종일 누군가 곁에서 지켜봐야 할 때, 그건 당연히 나여야 한다고 나서지 못했을 것이다. 그해 봄, 내가 한 그 모든 일을 하나도 하지 못했을 것이고 어쩌면 평생 후회할 일이 생겼을지도 모른다.

모든 결정을 쉽게 내릴 수 있었던 것은 월급이나 경력을 아쉬워하며 망설이지 않아도 되었기 때문이다. 일 욕심 때문에 주저하지 않아도 되었기 때문이다. 때때로 그때 일을 돌아보며 생각한다. 내 일이 잘 풀리지 않았던 것은 어쩌면 이런 이유 때문인지도 모른다고.

큰일을 겪고 난 지금은 바라던 일이 잘못되어도 너무

실망하지 않기로 한다. 그럴 만한 이유가 있는지도 모르니까. 바로 앞에 깊은 싱크홀이 있다고 인생이 잠시 멈춤 사인을 보낸 것인지도 모르니까.

모든 것이 괜찮다

　시골은 소문이 빠르다. 나에 대한 이야기들이 내가 잠든 사이 새벽같이 일어나 동네 구석구석을 부지런히 돌고 나서 다시 돌아오고는 한다. 그렇게 돌아온 나는 너무 낯설거나 반짝이는 포장지에 겹겹이 싸여 있어서 종종 "저기…… 누구세요?"라고 묻고 싶어진다. 어느 날 내가 갑자기 사라져도 소문은 남아 있을 것이다. 감추고 싶은 졸업 사진처럼 "그건 내가 아닌데"라고 말하고 싶은 모습으로 오래도록 끈덕지게.

　사람들은 소문을 들으면 자기들만의 수군거림을 넘어서 소문의 주인공에게 말을 걸고 싶어지나 보다. A의 병간

호를 위해 시골로 내려온 지 얼마 되지 않았을 때였다. 한 사람이 나를 붙들고 연민 가득한 목소리로 말했다.

"어떻게 그래요? 나 같으면 못 그럴 거예요."

총성보다 먼저 튀어 나간 육상 선수처럼 이런 대화는 반칙이다. 나는 당신을 모르는데 당신은 나를 다 알고 있는 것처럼 불쑥 너무도 사적인 이야기를 꺼낸다. 물론 상대방의 선의를 의심하지는 않는다. 내 불행을 달콤해하며 그런 이야기를 하는 게 아니라는 것도 안다. 그저 좋은 마음으로 위로를 건네면서 알은체를 하고 싶은 것뿐이다. 그래도 이런 데서, 태연한 척하지만 나를 향해 온통 귀를 바짝 세우고 있는 사람들 사이에서 이런 이야기를 하고 싶지는 않다. 대답을 기다리는 상대방에게 마트에서 두부를 고르는 것처럼 감정 없이 대답한다.

"어떻게 안 그래요? 가족이면 당연한 거죠."

대화를 길게 이어 나가고 싶은 생각이 없다는 뜻이다. 하지만 상대방은 아랑곳하지 않는다.

"그렇죠. 그래도 못 그러는 사람이 많잖아요. 자기 생활이라는 게 있으니까요. 아무리 가족이라도 어렵잖아요."

시골에 내려온 후 종종 듣는 이야기였다. 어린 시절, 엄마가 내 팔을 붙들고 같은 자리의 때를 밀고 또 밀 때처럼 머릿속이 기분 나쁘게 간질간질해지는 이야기. 주위 사람들에게 나는 무언가를 희생한 사람, 그래서 안쓰러운 사람처럼 보이는 모양이었다. 서울에 있는 지인들도 안부를 물어 올 때면 무척이나 조심스러워하는 것이 느껴진다. 메시지의 말줄임표들, 느낌표들, 손가락 사이에서 사려 깊게 골라 쓰였을 단어들. 숨을 한번 크게 들이쉬었다가 그대로 멈춘 상태에서 말하는 것 같은 전화 목소리. 그들은 하나같이 "많이 힘들지?"라고 묻고, 나는 그때마다 괜찮다고 답한다. 그 말을 그대로 믿는 사람은 없다. 나와 비슷한 일을 겪은 사람은 자신에게만은 솔직해도 된다는 듯이 말한다.

"어떻게 괜찮겠어? 얼마나 힘든 일인데."

그도 내가 괜찮은 척한다고 생각하는 모양이다. 괜찮은 척이 아닌데. 나는 정말로 괜찮은데.

물론 삶이 괜찮지 않을 때가 있었다. 괜찮냐고 묻는 사람에게 발톱을 세운 고양이처럼 "아니! 너무너무 안 괜찮아!"라고 쏘아붙이고 싶던 때. 하지만 사랑하는 사람이 삶과 죽음의 경계를 오가던 그 후로 많은 것이 달라졌다. 경계 저편이 아니라 이편으로 되돌아왔을 때 모든 것은 괜찮아졌다. 소중한 사람이 살아 있다는 것. 내 곁에 있다는 것. 그 사실 말고 다른 것은 하나도 중요하지 않았다.

가끔 잘 알지도 못하면서 내 아픈 가족에게 충고하는 사람들이 있다.

"옆에서 이렇게 애쓰고 있는데 네가 더 힘내야지. 얼마나 고마운 일이니."

그런 말을 들을 때면 그 사람의 손등을 찰싹 때려 주고 싶다. 그렇게 말하지 말라고. 내가 좋아서 하는 일이라고. 없으면 내가 못 살 것 같으니까 매달리는 거라고.

정작 그 애는 심드렁하다. 사는 게 재미가 없고 종종 다 그만두고 싶은 생각이 든다고.

지금 나는 욕심을 부리고 있는 셈이다. 혼자 남고 싶지 않으니까. 없으면 못 살 것 같으니까. 그러니까 나는 괜찮다, 정말로. 어떻게 괜찮지 않을 수 있을까. 아직은 내 옆에 있는데. 옆에서 숨만 쉬고 있어도 좋은데. 그것만으로도 나는 너무너무 고마운데.

지금은 도저히 아닌 것 같겠지만, 언젠가는

사회자가 호루라기를 불었다. 신나게 울려 퍼지던 음악이 멈췄다. 사람들도 동작을 멈췄다. 사회자가 손을 번쩍 들어 올리고 숫자를 외쳤다.

"일곱!"

정신없이 움직이는 사람들 사이에서 나는 이쪽으로도 저쪽으로도 가지 않고 가만히 그 자리에 서 있었다. 나는 이 게임이 싫었다.

이 게임을 처음 해 본 것은 초등학교 체육 시간 때였다. 선생님이 규칙을 설명했지만 무슨 소리인지 알 수가 없었다. 그래서 선생님이 호루라기를 불면서 "다섯!"이라고 외쳤을 때 나는 어리둥절해서 가만히 있었다. 그때 누군가

외쳤다.

"이리 와, 이리!"

네 명이서 꼭 껴안고 있는 무리로 가자 한 아이가 소리
쳤다.

"선생님! 여기도 다섯 명이에요."

그건, 그런 게임이었다. 아주 단순한 게임. 사회자가 숫
자를 소리쳐 부른다. 그러면 그 수만큼만 모이면 된다. 그보
다 많거나 적으면 탈락. 게임이 진행될 때마다 무리에 끼지
못한 아이들이 하나둘 탈락했다.

나는 그 게임이 무척 잔인하다고 생각했다. 게임에서
이기려면 필요한 것이 있었다. 누군가를 먼저 내 쪽으로 잡
아당길 용기나 친구들 사이를 비집고 들어갈 힘, 나 대신 탈
락하도록 다른 아이를 밀쳐 낼 뻔뻔함 같은 것. 그중 한 가
지라도 있어야 살아남을 수 있었다. 게임을 하는 내내 여기
저기서 웃음이 넘쳤지만, 수줍음이 많고 소극적인 아이에
게는 힘든 게임이었을 것이다. 인기 없는 외톨이에게는 외
로운 게임이었을 것이다.

게임을 하면 초반에 자주 탈락하던 아이가 있었다. 한

번은 선생님이 "둘!"이라고 외쳤을 때, 내 옆에 그 아이가 있었다. 눈이 마주쳤다. 그 아이와 함께해야 할 것 같았다. 그런데 그 순간 누군가 나를 잡아당겼다. 친하다고 할 수는 없지만 아는 친구였다.

나와 눈이 마주쳤던 아이는 이번에도 혼자 남았다. 탈락이었다. 그런데 머뭇거리던 그 아이가 다가와서 내 옷을 잡았다. '우리가 먼저였잖아'라고 말하는 눈빛으로. 이번에는 떨어지고 싶지 않은 얼굴이었다. 그때 내 손을 잡은 친구가 그 아이를 밀어냈다.

"야, 저리 가. 너 때문에 우리까지 떨어지겠다."

아이들은 종종 또래 친구에게 잔인해진다. 나는 상처 입은 그 아이의 얼굴을 쳐다볼 수 없었다. 안쓰럽지만, 밀쳐내진 쪽이 내가 아니라며 조금쯤 안심했는지도 모르겠다. 이번에는 아니었지만 저리 가라는 말을 듣는 것이 언제라도 내가 될 수 있었다. 그건 꽤나 마음을 서늘하게 하는 일이었다.

그 게임을 할 때마다 마음이 불편했다. 나는 누군가를 내 쪽으로 잡아당기는 사람이 아니었고, 다른 누군가를 밀쳐 내고 자리를 빼앗고 싶지도 않았다. 그러면서도 밀려나는 사람이 내가 아니기를 바랐다.

무리에 끼지 못하면 탈락하는 게임. 어른이 되어서도 게임은 계속된다. 우리는 밀쳐지지 않기 위해서, 밖으로 밀려나지 않기 위해서 안간힘을 쓴다. 서로에게 상처를 주고 상처를 받으면서. 내가 아닌 사람이 되어 가면서까지 무언가가 되려고 애쓴다. 그 속에서 누군가는 두 손을 들고 용기 있게 외치며 걸어 나온다.

"아, 나는 그만두겠어."

원 밖으로 나오면 세상이 끝날 것 같지만 그렇지 않다는 것을 나와 보면 알게 된다. 한때는 전부였던 세계도 언젠가는 없어도 괜찮은 것이 된다. 세상의 중심이었던 일도 우주의 먼지처럼 하찮아진다. 지금은 도저히 아닌 것 같겠지만, 언젠가는. 우리는 무럭무럭 자라고, 세상은 변하고, 많은 것은 어제와 같지 않다.

내 몸에 맞는 행복

유튜브 영상 속 타인의 삶을 들여다본다. 매일 새벽 네 시에 일어나는 사람. 운동으로 탄탄한 근육질 몸을 만든 사람. 집에서 직접 사워 도우를 만들어 굽고 케이크와 쿠키를 만드는 사람. 이외에도 외국어, 미니멀리즘, 명상, 세계 여행, 셀프 인테리어 등 삶에 자극을 주고 동기를 부여하는 사람들이 넘친다.

영상 속 사람들은 모두 삶을 아주 열심히 사는 것 같다. 부지런하고 여유롭고 행복해 보인다. 내 삶을 슬쩍 훑어본다. 비교된다. 나는 왜 시간을 이렇게밖에 쓰지 못할까. 평범하고 게으르고 새롭지 않고 발전이 없다. 삶을 잘 살지 못하고 있는 기분이 든다. 그들의 삶이 옳은 것 같고 그들처럼 살아야 할 것만 같다. 그동안 나는 나에게 너무 관대했다. 나에게는 확고한 목표와 의지, 치열한 계획과 노력이 필요하다.

내 미지근한 삶에 신선한 자극을 주는 영상들을 눈을 반짝이며 보고 또 본다. 이것은 이 시대의 신흥 종교다. 감화받은 것은 나뿐만이 아니다. 댓글에는 이 영상을 보게 되어 다행이라고, 정말 고맙다고, 오늘부터 새롭게 시작해 보겠다는 말이 가득하다.

하지만 영상을 볼 때는 빛났던 의지가 아예 시작도 못하고 꺼져 버리거나, 매년 1월 3일의 나처럼 쉽게 작심삼일에 그칠 때가 많다. 각오와 결심이 오래가지 않는 이유가 무엇일까. 금방 관심이 시들해지는 데다가 의지가 약하기 때문일 수도 있지만, 한편으로는 그런 생각이 든다.

그게 내가 정말로 원하는 것일까? 어쩌면 무의식적으로 스스로에게 강요한 것은 아닐까? 나도 저런 삶을 살아야 한다고.

영상 속 타인의 삶은 꽤 그럴듯하게 느껴진다. 그에 비해 내 삶은 무언가 잘못된 것, 고쳐야 할 것처럼 보인다. 내가 종종 불안하고 행복하지 않고 무기력한 것은 저들처럼 살지 않아서가 아닐까? 저들처럼 산다면 삶이 달라지지 않을까?

하지만 이 질문은 방향이 잘못되었다. 나는 내 삶을 나에게 묻지 않고 다른 사람에게 묻고 있었다. 다른 사람에게서 방법을 찾으려고 했다. 우리는 알게 모르게 타인의 영향을 받으면서 산다. 그 과정에서 남들이 추구하는 행복의 기준이 내가 원하는 것처럼 여겨지기도 한다.

내가 정말로 돈이 많아야 행복하다면 그런 삶을 추구하면 된다. 일을 많이 할 때 행복하다면 그렇게 살면 된다. 성공이 행복의 기준이라면 그런 삶을 향해 달려가면 된다. 하지만 나를 진정으로 웃게 하고 행복하게 하는 것이 그게 아니라면 길을 잘못 가고 있다는 이야기일 것이다. 내가 다른 것에서 더 큰 삶의 의미를 느낀다면 그 길을 따라가면 된다. 내 몸에 맞는 행복은 유튜브 영상 속에 있지 않다. 다른 사람의 삶 속에 있지 않다.

2장

먹고사는 일의
기쁨과
슬픔

지지 않는다는 것

예전에 쓰던 다이어리를 모아 둔 상자를 발견했다. 짧은 일기와 스케줄러를 겸한 것이라 대부분이 글씨로 빼곡했다. 그런데 글씨보다 여백이 더 많은 다이어리가 있었다. 6월 이후로는 아무것도 쓰여 있지 않았는데, 12월에 와서야 딱 한 줄 적혀 있었다.

'지지 않기 위해서 애쓰고 있다.'

언제 쓰던 다이어리인지, 무엇 때문에 그런 말을 적었는지는 기억나지 않았다. 하지만 왜 그렇게 적었는지는 충분히 알 것 같았다.

함께 일하던 사람 때문이었을 것이다. 언제나 힘든 것

은 사람이었다. 일 그 자체로 힘든 적은 많지 않았다. 글이 잘 써지지 않을 때나 멋진 아이디어가 떠오르지 않을 때, 능력의 한계를 느끼며 의기소침할 때도 있었지만 그건 어쨌든 나 혼자 해결해야 하는 문제였다. 하지만 사람과의 관계는 달랐다. 나 혼자 잘한다고 되는 것이 아니었다.

어디든 그런 사람이 있었다. 일이 싫어지고, 회사 가는 것이 싫어지고, 내가 싫어지고, 결국은 모든 것이 싫어지게 만드는 사람. 일하면서 그런 사람을 여럿 만났다. 다이어리가 몇 달 동안 비어 있던 그즈음, 같이 일해야 했던 사람도 그랬을 것이다.

그때 나는 짧은 일기조차 쓸 힘이 없었을 것이다. 하루는 1년처럼 고되고 길었을 것이다. 모든 건 결국 지나간다는 것을 알지만, 영원히 머무는 것도 있지 않을까? 의심했을 것이다. 어쩌면 일을 그만두어야겠다고 결심했을지도 모른다. '이제는 마음 다칠 일도 없어. 내 마음대로 살 거야' 하다가도 억울한 생각이 들었을 것이다. '얼마나 하고 싶었던 일인데 왜 그런 사람 때문에 그만둬야 하지?' 일을 그만두는 대신 지지 않겠다고 결심했을 것이다.

지지 않겠다는 것은 이기겠다는 의미가 아니다. 말 한

마디로 나를 자를 수 있는 사람을 어떻게 이긴단 말인가.

지지 않겠다는 것은 휘둘리지 않겠다는 것이고 무너지지 않겠다는 말이다. 기분 나쁜 채로 퇴근하고, 우울한 얼굴로 친구들을 만나고, 온전한 내 시간까지 나를 힘들게 한 사람 이야기로 채우고, 화가 난 채로 하루를 보내는 것. 그런 일을 하지 않겠다는 것이다. 스스로 삶을 엉망으로 만들지 않겠다는 것이다.

그때 나는 결국 지지 않았을까? 아마도 종종 졌을 것이다. 결심은 봄볕 아래 눈처럼 쉽게 녹아내려서 일상을 흐트러뜨리고는 했을 것이다. 그래도 애는 썼을 것이다. 나를 잃지 않기 위해서. 포기하지 않고 놓아 버리지 않기 위해서.

나는 여전히 지지 않기 위해서 애쓴다. 내가 옳다고 믿는 것을 포기하지 않고, 타인의 삶과 비교해서 마음이 가난해지지 않고, 누군가 불쑥 내던진 무례함에 감정이 휩쓸려 가지 않는 것. 마음을 좀먹는 것에 흔들리지 않고, 삶을 망가뜨리는 것에 자리를 내주지 않는 것. 내가 나를 잃지 않기 위해서.

나는 나를 덜 불행하게 만드는
선택을 했다

매번 주말에 뭐 했냐고 묻는 사람에게 항상 똑같은 대답을 했다.

"지난주랑 같아요. 책 읽으며 지냈죠, 뭐."

늘 같은 대답을 들었으면서 어느 날 그는 이렇게 말했다.

"넌 돈도 안 되는 걸 참 열심히도 한다."

아마 내 상황이 한가하게 집에서 책이나 읽고 있을 때가 아니라는 이야기를 하고 싶었을 것이다. 나는 수입이 적었고, 그는 그런 나를 걱정스럽게 생각했다. 돈을 많이 버는 일을 해야 하지 않겠나, 말하고 싶었을 것이다.

버는 돈이 적다는 것은 여러모로 불편한 일이다. 하지만 돈을 더 벌려면 내 시간을 다른 곳에 써야 했다. 무리해서 다른 일을 더 하고 싶은 생각은 없었다. 나는 시간 부자로 사는 것, 내 시간을 마음대로 쓰는 것이 좋았다.

물론 나도 같은 걱정을 한 적이 있다. 그래서 힘들 걸 알면서도 일을 하나 더 했다. 월급이 많은 일이었다. 하지만 통근 시간이 길었고, 일이 있든 없든 오후 내내 사무실에 앉아 있어야 했다. 집에 돌아와서 씻고 저녁을 먹으면 밤 열 시를 훌쩍 넘겼다. 주말은 밀린 잠을 자기 위해 고스란히 반납했다. 책 한 줄 읽을 에너지가 없었고, 다른 걸 할 시간 같은 것은 없었다.

그 일을 시작한 뒤로 단 하루도 즐겁지 않았다. 유일하게 만족스러운 것은 넉넉한 급여뿐이었다. '내가 왜 이 일을 하고 있나?' 하는 물음표가 생기는 일이어서 더 그랬을 것이다. 재밌거나 보람 있는 일도 아니었고, 같이 일하는 사람들과 이야기도 잘 통하지 않았다. 무엇보다 힘든 건 내가 쓸 수 있는 내 시간이 없다는 것이었다.

일을 그만두면 경제적으로 여유로운 생활을 포기해야 했다. 다시 공과금 줄이기 챌린지 같은 것을 하면서 살아야 했다. 하지만 일을 그만두지 않으면 계속 불행할 것 같았다. 삶에서 내가 더 포기할 수 없는 게 어떤 것인지 따져 봤다. 그 일을 해서 내가 얻은 것과 잃은 것을 저울질했다. 많은 걸 용서하게 만드는 월급을 포기한다는 것은 역시나 아쉬운 일이었지만 결국, 일을 그만두었다. 그건 선택의 문제였다. 그때 나는 나를 덜 불행하게 만드는 선택을 했다. 적게 버는 대신 내 시간을 더 많이 쓰는 쪽으로. 그리고 내가 좋아하는 일을 하는 것으로.

이후 어떤 일을 하는 데 고민될 때면 그때의 불행하던 시간을 떠올린다. 내가 감당할 수 있는 일인지. 그 일로 생활이 흐트러지지 않을지. 그만한 가치가 있는 일인지.

한때 미래를 위해서 현재를 저당 잡히는 삶을 산 적이 있다. 문득문득 불행했다. 그때는 그게 옳은 줄 알았다. 다른 길이 있는 줄 몰랐다.

선택은 늘 어렵다. 나를 행복하게 만드는 게 무엇인지 잘 모르겠다면, 나를 불행하게 만드는 일을 하지 않는 것도 방법일 것이다. 불행 리스트를 하나씩 지우다 보면 내가 할 수 있는 일이 보일 것이다.

몇 해 전 일이다. 지인에게서 강원도로 기차 여행을 가자는 메시지가 왔다. 봄, 기차, 바다, 벚꽃. 뭐 하나 설레지 않는 말이 없었다. 하지만 전혀 예상에 없던 지출이 될 터였다. 결국 가고 싶지만 여유가 없어서 못 가겠다고 답장을 보냈다. 바로 지인에게 전화가 왔다.

"메시지 잘못 본 거 아니니? 80만 원이 아니라 8만 원이야. 너, 8만 원도 없어?"

수입이 많이 줄어서 상당히 긴축재정으로 살 때였다. 매달 정해진 예산이 있었고 그걸 넘어가는 지출은 하지 않기로 정해 두었다. 물론 비상금 통장에 여윳돈이 있었지만 아예 일을 하지 못하게 될 때를 위한 것이었다.

지인은 길게 한숨을 쉬며 전화를 끊었다. 그에게는 늘 현재의 즐거움이 중요했다. 맛집에 가고, 공연을 보고, 여행을 다니고, 호캉스를 즐기고, 쇼핑을 하고. 그런 입장에서는 내가 잘 이해되지 않았을 것이다. 나도 지인이 좋아하는 것을 즐겨 하던 시절이 있었다. 하지만 지금은 상황이 달라졌다. 적게 벌면 적게 쓰자. 오래전, 나와 약속한 일이었다.

나는 20대 후반에 처음으로 직장인이 되었다. 대학을 졸업하고 몇 년 동안은 하고 싶은 일을 하겠다며 시급제 아르바이트로 생활했다. 얄팍한 급료로는 생활비도 겨우 충당할 정도여서 영화를 보고, 카페에 가고, 책을 사는 일도 어려울 때가 많았다. 아끼고 아끼는 생활을 하다가 취업을 하고 첫 월급을 받았을 때, 하고 싶은 것이 너무나 많았다. 그동안 사지 못한 것을 사고, 보지 못한 것을 보고, 먹지 못한 것을 먹었다. 내가 그렇게 돈을 잘 쓸 수 있는 사람인지 몰랐다. 어릴 때부터 절약하고 저축하는 것이 익숙해서 돈을 써 본 기억이 별로 없었다. 하지만 난생처음 사탕 맛을 본 아이처럼 돈 쓰는 재미에 푹 빠졌다. 매달 월급을 한 푼도 남김없이 써 버렸다. 앞으로도 계속 그렇게 살 수 있을 것 같았다. 하지만 이가 썩는 데는 그리 오랜 시간이 걸리지 않았다.

월급날, 아무런 예고 없이 통장에 돈이 들어오지 않았다. 하루하루 월급이 밀리기 시작했다. 언제 받을 수 있을지 기약도 없었다. 매달 쓰느라 바빠서 여분의 돈이 있을 리 없었다. 당장 쓸 차비와 점심값도 없었다. 공과금 고지서도 줄줄이 날아올 터였다. 내가 나를 위한 선물이라며 사들인 것들은 이제 매달 갚아야 하는 빚이 되어 있었다. 며칠을 고민하다가 친구에게 부탁했다. 살면서 누군가에게 돈을 빌려 본 것은 그때가 처음이었다. 얼굴이 화끈거리고 자존심이 바닥으로 떨어지는 기분이었다. 친구는 이유도 묻지 않고 바로 돈을 보내 주었다. 갚는 것은 신경 쓰지 말라는 말과 함께. 나는 창피해서 고개를 들 수가 없었다. 그때 결심했다. 두 번 다시 나를 이런 상황에 놓이지 않게 하겠다고.

그 회사에서 나온 뒤로 프리랜서가 되었다. 미래가 불안정한 생활에서 가장 중요한 것은 늘 버는 돈보다 적게 쓰는 일이었다. 돈을 더 벌게 되었을 때는 더 여유롭게 쓰기도 했지만, 변하지 않는 원칙은 수입에 맞춰 산다는 것이었다. 갑자기 일이 없어져도 몇 달은 버틸 수 있게 여분의 비상금도 따로 떼 놓았다. 그 어떤 경우에도 내가 너무 절망하지 않도록 작은 울타리를 세워 둔 셈이었다.

누군가는 현재의 즐거움에 더 가치를 두고, 누군가는 미래를 위해서 현재의 즐거움을 조금 아껴 둔다. 옳고 그름의 문제가 아니라 각자의 가치관과 삶의 방향에 관한 문제일 뿐이다. 다만 욜로를 외치면서 조기 은퇴를 꿈꾸는 파이어족이 될 수는 없다. 내가 어떤 걸 더 원하는지 선택해야 한다는 것이다. 선택을 했으면 내 기준에서 행복하면 된다. 다른 사람의 삶과 저울질하는 대신에.

슬럼프는 종종 찾아왔다. 일이 재미없어지고, 사는 것이 심드렁하고, 뭘 해도 의욕이 없어지는 순간들. 나는 그때마다 무언가를 배우고는 했다. 밥벌이로 하고 있는 일과는 전혀 상관없는 것으로.

플로리스트 수업을 듣고, 조각보 만드는 법을 배우고, 재봉으로 쿠션이나 방석을 만들고, 유학 계획도 없으면서 토플 공부를 하고, 프랑스어와 스페인어와 이탈리아어를 배웠다. 무언가를 배우는 데 푹 빠져서 지내다 보면 지루하던 일상에 생기가 돌았고 일도 할 만해졌다. 그렇게 몇 달이 지나면 슬럼프는 사라졌다.

그런데 어느 때의 무기력은 너무 무거워서 하고 싶은

일이 하나도 없었다. 그동안은 평소 관심 있던 일 중에서 하나를 골라서 배우면 됐는데 그때는 아무것도 끌리지 않았다. 몇 주 동안 바닥을 파고 들어가다가 이래서는 안 되겠다 싶었다. 하고 싶은 게 없으면 내가 정말 관심이 없던 것, 살면서 이것만큼은 안 할 것 같은데 싶은 것을 배워 볼까?

내가 할 법하지 않은 것을 찾다가 블로그에서 가방 만드는 공방을 발견했다. 1년 내내 똑같은 천 가방을 들고 다니니 관심 없는 분야가 맞다. 살면서 한 번이라도 '가방을 만들어 볼까?' 생각한 적이 없으니 내가 찾는 범주에 딱일 것 같았다. 그날 바로 수강 문의 글을 남겼고, 그 후 수업을 들으러 다녔다.

공방에 모인 사람들은 가방을 너무나도 좋아하는 사람들이었다. 각자 좋아하는 가방의 브랜드며 종류며 이름을 이야기하는데 하나도 알아들을 수가 없었다. 어쩌다 공짜 표가 생겨서 이름도 모르는 가수의 콘서트에 간 기분이었다.

하지만 알고 보니 꽤 재밌는 콘서트였다. 손으로 무언가를 만드는 일은 즐거웠고, '이런 세계도 있구나' 하며 내가 전혀 모르는 분야를 알게 되는 즐거움도 있었다. 무엇보다 아무 생각 없이 집중할 수 있는 시간이 많았다. 바느질을 하거나 칠을 하거나 사포로 갈다 보면 복잡하던 머릿속이 조금씩 비워졌다. 비워지고 단순해진 자리에 사라졌던 의욕이 조금씩 돌아왔고, 더 이상 일이 지겹다는 생각도 들지 않았다.

잠깐잠깐 슬럼프가 왔을 때, 일 밖으로 눈을 돌려 무언가를 배우고는 했던 것이 꽤 괜찮은 처방전이 되어 주었다. 초반에는 열정이 넘쳐서 배우는 것마다 '아예 이참에 직업을 바꿀까?' 생각하기도 했다. 늘 급하게 사랑에 빠지는 나는 뭐든 지금 하는 일보다는 훨씬 괜찮을 것 같았다. 하지만 얼마 지나고 나면 일에 대한 애정이 돌아왔고, '역시 나한테는 지금 하는 일이 제일 잘 맞아' 하는 생각이 들었다. 홧김에 사표를 던지지 않은 것은 얼마나 다행인가. 물론 어느 정도 배우다가 다시 원래의 일로 돌아왔기 때문에 무언가 대단하게 끝까지 이룬 것은 없다. 중간에 그만둔 일, 하다 만 일투성이라고 할 수 있다.

하지만 꼭 무언가가 되어야 할까. 잠깐 즐거움을 주고 삶에 환기가 된다면 그걸로 된 것 아닐까. 어쩌면 무언가 되지 않아도 좋다고 느긋하게 생각해서 더 즐거웠는지도 모른다. 그러니 지금 하는 일 때문에 마음이 지쳤다면 덜컥 그만두기 전에 한눈팔 시간을 주는 것도 좋을 것이다. 다른 곳을 슬쩍 곁눈질하다 보면 다시 돌아오든, 아예 떠나든 결정을 내리게 되니까. 그때 마음이 시키는 대로 해도 늦지 않으니까.

잘나가는 친구

　그 어느 때의 나는 마음이 꼬인 친구였다. 하고 싶은 일은 잘 되지 않았고, 미래는 막막해서 불안하던 때였다. 물론 꼬인 것처럼 보이고 싶지 않아서 친구 앞에서 속마음을 소리 내어 말하지는 않았다. "좋아 보여"라고 담담하게 말해 놓고는 집에 돌아오는 길에 혼자 쓸쓸해했다. 누군들 마음이 넉넉하게 살고 싶지 않을까. 쿨하고 산뜻하게.

　그 시절, 친구의 집들이에 초대받았다. 작은 빌라에서 신혼 생활을 시작한 친구는 넓은 평수의 새 아파트로 이사했다. 그 집 거실은 내가 사는 빌라의 방을 모두 합친 것보다 더 넓어 보였다. 새로 장만했다는 가전제품과 가구는 반짝반짝 빛이 났다.

누군가 친구의 행복을 진심으로 기뻐해 주는 것이 친구의 아픔을 진심으로 슬퍼해 주는 것보다 더 어렵다고 말했을 때, 나는 그렇지 않다고 자신했다. 그동안 친구에게 좋은 일, 기쁜 일, 행복한 일이 있을 때마다 나는 진심으로 기뻐했다. 부럽다거나 질투가 난 적은 없었다.

그런데 그날 깨달았다. 그동안은 내가 감당할 만한 수준의 기쁨이라서 그랬던 것뿐이라고. 친구가 취업을 하고, 더 좋은 직장으로 옮기고, 결혼을 할 때도 나는 내 일이 잘되고, 내 미래가 괜찮을 것이라고 믿었다. 그러니 부러워할 것이 없었다. 하지만 내가 제자리에서 고군분투하는 사이 친구는 어느새 저 앞에서 달리고 있었다.

나에게 없는 것을 상대방이 갖고 있을 때보다 나는 아무리 애써도 그걸 갖지 못할 것이라는 사실을 깨닫게 될 때, 우리는 좌절한다.

그때 나는 하던 일을 그만두고 다른 일을 찾고 있었다. 일이 잘 구해지지 않아서 하루하루 불안했다. 그런 나에게 친구는 아파트 투자에 대해서, 월급과 보너스에 대해서, 회사의 남다른 복지에 대해서 이야기했다. 그 복지 덕분에 외국에서 공부를 할 수도 있다고, 아니면 당분간 일을 좀 쉬어도 좋을 것 같다고 했다.

그 모든 이야기가 배 아픈 자랑으로 들린 것은 그때의 내가 꼬인 친구였기 때문이다. 그건 잘나가는 친구의 문제가 아니라 순전히 내 문제였다. 질투와 부러움과 열등감의 문제. 나는 그 마음을 들키고 싶지 않아서 그 후 꽤 오랫동안 그 친구를 만나지 못했다. 일이 제법 잘 풀릴 때도 만나지 못했는데, 더 잘나가는 나를 보여 주고 싶은 욕심 때문이었다. 조금 더, 조금 더 하는 마음이 친구와의 만남을 자꾸만 뒤로 미뤘다. 하지만 정작 친구를 다시 만난 것은 내가 더 이상 일을 하고 있지 않을 때, 자랑할 일이라고는 하나도 없을 때였다.

비교에는 끝이 없다. 내가 아무리 많은 것을 갖게 되더라도 언제나 내 앞에는 더 많이 가진 사람이 있을 것이다. 내가 친구를 질투와 열등감 없이 다시 편안하게 만날 수 있었던 것은 '이걸로 괜찮다'는 나만의 기준을 세웠기 때문이다. 사회적인 기준이나 주변 사람들이 이룬 게 아니라 나에게 소중한 것, 내가 좋아하는 것에 삶의 가치를 두었기 때문이다.

다른 사람에게 필요한 것이 나에게도 꼭 필요한 건 아

니라는 것. 그들이 행복을 느끼는 곳과 내가 느끼는 곳은 다르다는 것. 많은 것을 준다고 해도 바꾸고 싶지 않은 것이 나에게 있다는 것. 내 삶을 사는 것은 그들이 아니라 나라는 사실을 자꾸 떠올리다 보면 많은 것이 괜찮아진다.

잘리지 않았다면
시작도 하지 않았겠지

나는 안전 지향적인 사람이었다. 월급을 꼬박꼬박 모아서 적금이나 예금을 드는 것 말고 다른 것은 잘 몰랐다. 통장에 '예금자 보호' 문구가 적혀 있지 않은 것은 쳐다보지도 않았다.

금리가 좋았던 시절에는 그래도 괜찮았다. 예금, 적금만 해도 기본은 되었다. 큰 부자가 될 수는 없어도 적어도 가난해지지는 않았다. 하지만 저금리 시대가 시작되고 많은 것이 달라졌다. 은행에 그냥 돈을 넣어 두는 게 손해를 보는 일이 된 것이다. 발 빠른 사람들은 이미 부지런히 투자를 시작했지만 나와는 먼 이야기였다. 일하느라 너무 바빠서 다른 데 신경 쓸 여유가 없었다. 게다가 돈을 불리는

데도 큰 욕심이 없었다. 월급은 괜찮았고, 적당히 절약하고 저축하면 혼자 쓰기에는 충분하다고 생각했다.

그러다 하루아침에 일자리를 잃었다. 몇 달 뒤 어렵게 구한 일의 월급은 기존에 받던 돈의 반의반도 되지 않았다. 월급이 줄어든 상황이 잠깐일 수도 있지만 앞으로 계속 이럴 수도 있었다. 게다가 아예 일을 못 하게 될 경우도 생각해야 했다. 그제야 모른 척 신경 쓰지 않던 미래가 우울하게 다가왔다. 예금과 적금으로는 어림도 없었다. 이만하면 혼자서 충분한 삶이 아니라 팍팍한 삶을 살게 될 터였다.

다시 돈을 많이 버는 것 말고는 방법이 없어 보였다. 하지만 내 의지대로 되는 일이 아니었다. 고민할수록 우울해졌고, 가진 사람들만 눈에 보였다. 집이 있는 사람, 월급을 많이 받는 사람, 부자 부모를 둔 사람. 매일 조금씩 더 초라해지는 기분이었다.

뭘 어떻게 해야 할지 몰라서 경제 관련 책을 읽기 시작했다. 관심 없는 것, 필요 없는 것이라고 생각했던 게 얼마나 무지한 일이었는지 깨달았다. 책을 읽고 공부를 하고 강의를 들었다. 나에게 필요한 것이 무엇인지, 나는 어떤 것을 원하고 원하지 않는지, 나에게는 어떤 스타일의 투자가 맞고 맞지 않는지 알게 되었다. 나름의 기준, 너무 욕심부리지 않는 적당한 기준도 세울 수 있었다.

'아직 늦은 게 아니다. 조급하게 생각하지 말자. 너무 걱정할 일도 아니다. 걱정에 파묻혀 우울해하지 말자.'

혼자 공중에서 외줄 타기를 하는 것 같던 마음이 조금씩 안정되었다. 약간의 긴장과 경계는 필요하지만 과도한 공포 마케팅에 휩쓸려서 불안해할 필요는 없었다. 이제라도 차근차근 준비해 나가면 되었다.

만약 그때 잘리지 않았다면 경제를 공부하거나 투자에 대해서 생각해 보는 일, 그리고 노후를 준비하는 일도 하지 않았을 것 같다. 오랜 시간, 많은 것을 모르는 채 살았을 것이고 뒤늦게 후회했을지도 모른다.

물론 잘리지 않고 일을 계속했다면 안정적으로 더 많은 돈을 벌었을 것이다. 하지만 나는 프리랜서였다. 시기의 문제였지 언젠가는 그만두게 될 일이었고, 그때도 세상이 끝난 듯한 충격은 마찬가지였을 것이다. 어쩌면 나이가 든 만큼 더 힘들었을 것이다. 그제야 당황해서 어쩔 줄 몰라 했을 것이다.

당시에는 평온한 일상을 무너뜨리는 최악의 일도 지

나고 보면 인생의 방향을 바꾸는 중요한 계기가 되고는 한다. 우리는 선택할 수 있다. 발을 동동 구르면서 화를 내고 미워하는 데 에너지를 쏟거나, 나에게 도움이 되는 방법을 찾아가는 것. 인생은 수많은 선택으로 이루어져 있다. 매번 조금 더 나은 선택을 할 수 있기를 바랄 뿐이다.

기준은 나 자신이어야 한다

조금 오래 일을 쉬던 때였다. 경제 신문에서 이런 숫자들을 보다가 의기소침해졌다. 도시 근로자의 평균 소득, 평균 재산, 평균 저축액, 평균 생활비 같은 것들. '평균'이라는 숫자 중 나에게 해당되는 것은 아무것도 없었다. 그동안 열심히 일만 하면서 산 것 같은데 나는 평균의 평균도 되지 못했다. 그 숫자는 상대적 박탈감과 우울을 안겨 주었다.

우울에 더해 좌절감을 안겨 준 숫자도 있었다. 노후에 필요한 적정 생활비였다. 내일이 불안한 프리랜서로 살면서 살뜰하게 노후를 준비하기는 쉽지 않았다. 나이 듦은 너무나 먼 이야기라고 생각하기도 했다. 하지만 달팽이의 속도로 오는 것 같던 노년은 머지않아 벚꽃 지는 속도로 다가 올 것이었다.

며칠 동안 우울한 노년 관련 기사만 보았다. 노인 자살률이나 빈곤율, 고독사 같은 것들. 미래의 내 이야기인 것만 같았다. 시원하게 욜로 한번 외친 적도 없는데 나는 왜 빈곤한 할머니가 되어야 하는 것일까.

우울과 불안에 휩싸여 며칠을 보냈다. 오지 않은 미래에 대한 걱정이 마음을 갉아먹었다. 그런데 그 기사를 다시 읽다가 전에는 미처 몰랐던 사실을 알게 되었다. 노후 적정 생활비로 책정된 금액이 절대적 수치가 아니라는 점이었다. 금액은 사람들의 대답을 바탕으로 한 것이었다. 지금 이 정도의 삶을 살고 있으니 이걸 유지하려면 노후에는 이 정도가 필요하다는 대답. 그들은 은퇴 후에도 현재의 생활수준이 계속 이어지기를 바랐다. 그렇게 계산된 노후 생활비는 지금의 내 생활비보다 많았다. 그러니 내가 좌절부터 한 것은 당연한 일인지도 모르겠다.

나는 다른 사람들이 아니라 나를 기준으로 생각했어야 했다. 그들과 내 삶은 달랐다. 지금의 삶이 달랐고, 노후에 그리는 삶이 달랐다. 나에게 필요한 것을 내 기준으로 준비하면 되었다. 그 당연한 사실을 깨닫고 나니 불안하던 마음이 괜찮아졌다.

세상에는 우리를 괴롭게 만드는 숫자가 있다. 남들이 만들어 놓은 숫자, 남들과 비교하게 하는 숫자. 그 숫자는 내가 가진 것이 부족하다고, 남들보다 뒤처진다고, 그래서 불행할 것이라고 쯧쯧 혀를 차고는 한다. 그것에 휩쓸리다 보면 '계속 이렇게 살아야 하는 것일까' 하는 초조함과 '그 냥 이렇게 살다가 마는 것일까' 하는 절망감이 들기도 한다. 그동안 열심히 살아온 자신을 탓하고 미워하게 된다.

앞으로의 시간이 불안할 때는 다른 사람이 아니라 자기 자신에게 물어야 한다. 내가 정말 원하는 것이 무엇인지. 이 정도면 충분할지. 이 정도로 괜찮을지. 자꾸 묻다 보면 나에게 맞는 답을 찾게 될 것이다.

누군가를 미워하는 것에 대하여

"둘 사이에 도대체 무슨 일이 있었던 거야?"

지인이 예전에 나와 함께 일했던 사람의 이름을 말하며 물었다. 5년 만에 듣는 이름. 반가운 이름은 아니었다. 우리 사이에 무슨 일이 있었더라? 그때 우리는 같이 일했고, 서로 의견이 잘 맞지 않는 부분이 있었다. 함께 아이디어를 나누고 더 좋은 결과물을 내는 것이 우리 일이었지만 그는 반대 의견을 참지 못했다. 무조건적인 "yes"를 원하던 그는 결국 나를 해고했다. 둘 사이의 일이란 그것이었다.

하지만 지인은 '정말 그것뿐일까?' 하는 얼굴이었다. 그가 나에 대해 증오에 가까운 미움을 갖고 있다는 이야기를 전해 주면서 말이다. 그가? 아니, 왜?

지인에게는 그때 일을 별일 아닌 듯 이야기했지만 당시에는 무척 힘들었다. 일을 꼭 해야만 하는 상황에서 하루 아침에 일자리를 잃었다. 월급도, 일하는 즐거움도, 함께 일하던 사람들도 한순간에 사라졌다. 나를 자른 그가 미웠고, 화가 났고, 억울했다. 나는 그에 대한 미움이 내 마음을 갉아먹도록 내버려 두었다. 그렇게 매일 조금씩 더 불행해졌다. 그런데 잠 못 이루는 날이 계속되던 어느 밤, 문득 그런 생각이 들었다. 나는 이렇게 괴로운데 그는 아무 일 없이 평온하게 잘 살 것 같다고. 지금쯤 태연하게 잠을 자고 있을 것이라고. 그는 이미 나에게 충분히 힘든 시간을 안겨 주었다. 내가 거기에 더 보탤 필요는 없었다.

내가 해야 할 일은 그를 미워하는 걸 그만두는 것이었다. 미워한다는 것은 결국 그에게 시간을 쓴다는 뜻이었다. 그는 내 시간과 마음과 에너지를 쏟을 가치가 없는 사람이었다. 단 1초도 더 이상 그를 위해서 쓰고 싶지 않았다. 나는 그를 미워하는 일을 멈추었다. 쉽지는 않았지만 시간과 함께 그는 내 인생에서 지워졌다.

당시 게임의 승자는 그였다. 나는 그의 말 한마디로 일자리를 잃고 몇 달 동안 실업자 신세가 되었다. 그래서 5년이 지난 지금, 그가 나를 그토록 미워하고 있다는 사실에 놀랐다. 그런데 그냥 미워하는 것으로는 부족했는지 내가 다른 일을 할 기회까지 잃게 만들었다.

처음에는 황당해서 헛웃음이 났고, 그다음에는 분노와 미움이 조용히 찾아왔다. 가만히 놔두면 내 마음을 집어삼킬 것들이었다. 하지만 나는 5년 전의 내가 아니었고, 이쯤에서 멈춰야 한다는 것도 알았다. 지인들은 그와 나를 두고 악연이라고 했지만 악연도 인연이었다. 그와 인연으로 묶이고 싶은 생각이 없었다. 5년 전 나에게서 지워졌듯이 앞으로도 그럴 것이다. 존재하지 않는 사람을 미워할 일도, 그 때문에 화낼 일도 없었다.

나는 그에게 말해 주고 싶었다. 당신 때문에 삶이 흔들렸던 나도 당신을 잊은 지 오래인데 당신은 왜 아직도 과거에 매달려 사는지. 그 오랜 분노와 미움과 증오를 가슴에 품고 사는 마음이 지옥 같지는 않은지. 그 때문에 삶이 너무 무겁지는 않은지.

그 지옥에 나만 들어 있지는 않을 것이다. 그가 살아오면서 부딪친 많은 사람이 지옥의 방에 가득 들어차 있을 것 같았다. 때때로 그걸 꺼내 보는 일이 얼마나 더 지옥인지도 모른 채. 자기 자신을 지옥으로 밀어 넣고 있다는 사실도 모른 채. 어쩌면 계속 그런 인생을 살지도 모른다. 그렇게 생각하니 그가 측은해졌다.

누군가를 미워한다는 것은 자신의 마음을 망가뜨리는 일이다. 그는 나를 미워했지만 나를 다치게 하지 못했다. 그가 상처 준 것은 자기 자신이었다. 누군가 미워질 때, 그래서 마음이 괴로울 때 나는 그 미움을 멈추려고 애쓸 것이다. 다른 누구도 아닌 나를 위해서.

착하게 살고 싶다는 말

일을 하다 보면 그런 사람을 만날 때가 있다. 상대방을 괴롭히는 것으로 자신의 존재를 알리는 사람. 그 사람이 그랬다. 나에게 못되게 구는 이유를 묻자 생글생글 웃는 얼굴로 "그냥"이라고 말하던 사람. 하루는 너무 화가 나서 친한 선배를 붙들고 하소연했다.

"나는 저 사람이 꼭 벌을 받으면 좋겠어요."

정년이 얼마 남지 않은 선배는 온화한 얼굴로 이야기를 듣다가 마지막 말에 고개를 가로저었다.

"아무리 화가 나도 그러면 안 돼. 남이 잘못되기를 바라지는 마. 그 사람은 스스로 알아서 과보를 받을 거야. 뭐하러 그런 사람 때문에 네 마음을 안 좋은 곳에 써 버리려고 해? 네가 나쁜 것을 보탤 필요가 뭐가 있니? 그건 네 좋은 기운을 갉아먹는 일이야. 남이 잘못되기를 바라지 말고 차라리 네가 더 잘되기를 바라렴."

안다. 선배 말이 맞다. 나도 그렇게 생각한다. 하지만 내 마음은 그날의 화를 이기지 못했다. 좋은 운을 희생해서라도 그가 벌을 받으면 좋겠다고 생각했던 것이다.

그런 나에게 선배는 지인의 이야기를 들려주었다. 오래전 지인은 동료에게 경제적으로 큰 배신을 당했다. 지인은 빚을 많이 지게 되었고 힘든 시간을 보내야 했다. 하지만 정작 배신한 사람은 부자가 되어 잘 살았다. 지인은 좌절했다. 나쁜 사람이 잘 사는 세상에서 착하고 성실하게 사는 것이 무슨 의미가 있나. 오히려 나빠야 잘 사는 것 아닌가. 너무 괴로워서 안 좋은 마음을 먹기도 했다. 하지만 가족을 생각해서 마음을 다잡은 지인은 이미 잃어버린 것은 잊기로 했다. 쉽지는 않았지만 동료의 배신도 잊었다. 살기 위해서 선택한 일이었다. 지인은 자신에게 주어진 하루하루를 잘 살아 내기로 했다.

세월이 흘러 지인은 우연히 옛 동료의 이야기를 들었다. 여전히 잘 살 것이라고 생각했지만 아니었다. 아들이 큰 사고를 쳐서 그 많던 돈도 다 잃고 힘들게 산다는 소식이었다. 지인은 생각했다. 나쁜 일을 하면 언제가 되었든 돌려받는다고. 아무리 오랜 시간이 걸린다 해도 결국은 그렇게 된다고. 그러니 상대방이 나쁜 짓을 한다고 똑같이 나쁜 사람이 되지는 말자고.

내가 한 일은 결국 돌려받는다는 것. 언제가 되었든 먼 우주를 돌아서라도 잊지 않고 찾아온다는 것. 그 말이 당장 괴로운 마음에 위로가 되지는 못했다. 몇십 년 뒤에 벌을 받는 것이 무슨 소용이람. 지금 당장이 힘든데. 앞으로도 계속 이렇게 지내야 한다니 아득했다.

하지만 화가 가라앉자 선배가 마음을 다해서 해 준 이야기를 다시 생각해 봤다. 그래, 그가 벌받기를 바라지 말자. 내가 아니어도 그렇게 빌 사람은 많을 테니까. 차라리 내가 잘되기를 바라자. 나는 정말로 그렇게 빌었다.

얼마 후 거짓말처럼 좋은 기회가 생겨서 그 일터를 떠나게 되었다. 더 이상 싫은 사람을 보지 않아도 된다는 것이 좋았다. 몇 달 뒤에는 그가 자리에서 물러났다는 소식이 들려왔다. 자신이 한 모든 일을 고스란히 돌려받게 되었다는 소식도. 영원할 것처럼 휘두르던 권력과 지위도 한순간이었다. 그가 자신의 미래를 알았다면 조금은 좋은 사람이 되었을까? 조금은 다른 사람에게 친절했을까? 조금은 착한 사람으로 살았을까?

"저는 착하게 살고 싶어요. 착하게 살 거예요."

그곳을 그만둘 때, 축하해 주는 선배에게 말했다. 이제 착하다는 말은 옛 동화책에나 나오는 말, 최악의 인플레이션을 겪고 있는 국가의 지폐처럼 가치 없는 말이 되었지만 나는 여전히 착한 사람이 좋고 착하게 살고 싶다.

착하게 살겠다는 말은 적어도 노력하고 싶다는 말이다. 누군가에게 상처 주지 않겠다는 것. 누군가를 짓밟고 올라서지 않겠다는 것. 누군가의 것을 함부로 빼앗지 않겠다는 것. 나만 생각하며 이기적으로 살고 싶지 않다는 것. 세상에 나쁨을 보태고 싶지 않다는 것. 기본적인 인간의 예의를 갖추고 살고 싶다는 것.

상대방의 좋은 점을 본다는 것

사회 초년생 시절에 같이 일하던 사람이 있었다. 대체로 좋은 사람이었지만 몇 가지 참기 힘든 점이 있었다. 그 때문에 몇 번 부딪치고 나서는 함께 일하는 것이 점점 싫어졌다. 보기 싫은 사람을 매일 만나야 하는 것만큼 괴로운 일이 있을까. 일을 그만둘까 고민하면서 선배에게 조언을 구했다.

"이 바닥이 좀 그래. 평균보다 훨씬 나쁜 사람들이 있지. 그래도 그 사람 정도면 괜찮은 거야."

나는 그의 싫은 점을 조목조목 짚었지만 선배는 대수롭지 않다는 표정이었다.

"그래서 그 사람, 단점이 많아, 장점이 많아?"

앞서 말했듯이 전반적으로 좋은 사람이었다. 장점이

더 많았다.

"지금 나랑 같이 일하는 사람은 단점이 훨씬 많아. 그래도 자꾸 좋은 점을 보려고 해. 일하는 동안 괴롭지 않으려고. 세상에 완벽한 사람은 없어. 누군가는 아흔아홉 가지 단점에 한 가지 장점이 있는 사람과 일할 거야. 그에 비하면 다행 아닐까?"

나는 오랫동안 시니컬한 비관주의자였다. 어떤 일을 시작할 때면 잘되지 않을 것을 먼저 생각했고, 모든 면에서 안 좋은 점을 먼저 봤다. 하다못해 물건을 살 때도 별로라는 후기 위주로 읽었고, 여행지 숙소를 예약할 때도 최악이라는 리뷰부터 찾아봤다.

기대했다가 실망하기보다는 최대한 기대치를 낮추고 있다가 '생각보다 괜찮네?' 하는 것이 더 안심이 되었다. 일이 잘 풀리지 않던 때 생긴 버릇 같은 것이었다. 그런 성향이 사람을 볼 때도 이어졌던 것 같다.

별로인 사람도 좋은 점은 있을 것이다. 하지만 마음이 팍팍하던 시절에는 더욱더 상대방의 안 좋은 점만 크게 보였고, 좋은 점은 잘 보이지 않았다. 아흔아홉 가지 단점에 한 가지 장점이 있다 한들 그게 무슨 대수일까 생각했다. 그런데 그 한 가지 장점을 찾아내는 사람들이 있었다. 나에게 조언을 했던 선배도 그런 사람 중 한 명이었다.

물론 어떤 사람 때문에 지금 마음이 힘들고 괴롭다면 "그래도 다른 사람에 비해서는 괜찮은 거야" 같은 말은 귀에 들어오지 않는다. 당신 일이 아니니까 쉽게 말한다고 삐딱해질 수도 있을 것이다.

하지만 냉정하게 생각해 볼 필요가 있었다. 선배 말대로 내가 아예 다른 분야로 옮길 게 아니라면, 지금 같이 일하는 사람보다 별로인 사람은 얼마든지 만날 수 있었다. 주변만 둘러봐도 이상한 사람들이 지뢰 게임의 폭탄처럼 곳곳에 있었다. 게다가 하는 일은 재밌었고 더 잘하고 싶은 욕심도 있었다.

내가 그 사람을 바꿀 수는 없었다. 그러니 괴롭지 않게 일할 방법은 한 가지뿐이었다. 싫어하는 내 마음을 바꾸는 것. 그 사람의 좋은 점을 더 많이 생각하는 것. 그는 나와 일하는 사람일 뿐이지 평생을 함께할 반려자가 아니었다. 내기준에 맞춰 모든 것이 좋기를 바라는 마음은 욕심이었다. 처음에는 노력이 필요했지만 조금씩 애쓰지 않아도 괜찮아졌다. 단점이 좋아진 것은 아니지만 무시할 정도는 되었다.

불편한 마음이 사라지자 일하는 것이 한결 좋아졌다.

나도 내가 마음에 들지 않는 부분이 있다. 그러니 사람에 관한 한 엄격함과 완벽주의를 버리고 조금 너그러워져도 괜찮을 것 같다. 무엇보다 내가 괴롭지 않기 위해서.

직접 해야 알 수 있는 것들

"그 사람이 어떤 사람인지는 알아? 왜 미리 전화해서 물어보지 않았어?"

B 부장과 일하게 되었을 때였다. 친한 선배가 전화를 걸어와서는 왜 그 일을 하냐며 못마땅해했다. 나는 일이 필요했고, 월급도 꽤 많았다. 힘들어 보이기는 해도 재밌을 것 같았다. B 부장과는 오며 가며 인사 정도만 했을 뿐이지만 괜찮은 사람 같아 보였다. 하지만 선배는 그가 얼마나 못된 사람인지, 그와 일하면서 얼마나 힘들었는지, 얼마나 말이 안 되는 상황이 많았는지 조목조목 말해 주었다. 이야기를 듣는 동안 미간이 저절로 찌푸려졌다. 선배 말대로라면 그는 내가 살면서 만나게 될 가장 이상한 사람이었다. 그런 사

람과 일을 해야 한다고? 맙소사.

나는 새로운 것을 시작하는 데 겁을 많이 내는 사람이다. 낯선 환경에서 모르는 사람과 익숙하지 않은 일을 해야 한다고 생각하면 배 속에 축축한 개구리가 들어 있는 기분이 된다. 그래서 누군가 새로운 일을 제안하면 '나는 도저히 할 수 없어'와 '한번 해 보고 싶은데 될까?' 두 마음이 치열하게 싸운다. 그 과정이 매번 쉽지 않다.

안 그래도 출근을 앞두고 가슴에 바윗덩어리를 얹어 둔 것 같은데, 소식을 전해 들은 다른 사람들도 하나같이 말렸다. 그들의 이야기를 듣다 보니 정말로 끔찍한 실수를 저지른 것 같았다. 내가 왜 이 일을 하겠다고 했을까? 당장이라도 도망치고 싶었다. 하지만 여기서 그만두면 다시는 일을 할 수 없을지도 몰랐다. 이유야 어찌 되었든 나는 시작도 하기 전에 도망친 사람이라는 뒷이야기만 남을 것이었다. 1분 사이에도 하자는 마음과 못하겠다는 마음이 수없이 싸웠다. 둘 다 양보할 생각이 전혀 없는 것 같았다. 그런 고민을 끝내 준 것은 A였다.

"해 보지도 않고 뭘 그렇게 겁을 내? 직접 해 보기 전까지는 모르는 거잖아. 정말로 힘들지 아니면 괜찮을지."

며칠 동안 끙끙댄 것이 무색해지는 말이었다.

"한번 해 봐. 해 보고 이상하면 그때 그만둬도 되지 않아?"

머릿속에 뿌옇게 들어찼던 안개가 걷히는 느낌이었다. 그러네. 내가 겪어 보지도 않았으면서 다른 사람들 말만 듣고 걱정부터 했네. A의 조언은 지극히 당연한 말이었지만 사람들은 자기 생각에 갇혀 있으면 가끔 그 당연한 것을 보지 못한다. 그래, 해 보자. 직접 해 보고 결정하자. 어쩌면 그렇게 힘들지 않을지도 몰라. 너무 힘들면 그때 그만두면 되지, 뭐.

물론 B 부장은 힘든 사람이었다. 사람들의 이야기는 결코 과장이 아니었다. 그동안 함께 일하기 어려운 사람을 많이 겪었는데도 그에 비하면 정말 귀여운 수준이었다. 그와 일하면서 난생처음 스트레스성 원형 탈모가 생겼고, 1년 전만 해도 멀쩡했던 건강검진에서 재검을 받으라는 항목이 줄줄이 나왔다. 한 후배는 매일 얼굴이 하얗게 질린 채로 출근하다 결국 얼마 지나지 않아 그만두었고, 다른 후배 한 명은 툭하면 화장실에서 울고 나와서 코가 빨갰다. 매일 극기 훈련을 하는 것인가 싶을 정도로 힘들었다.

하지만 일을 그만두지는 않았다. 이 일을 괜히 했다며 후회하지도 않았다. 힘든 시간을 참아 넘길 만큼 즐거움이 있었기 때문이다. 작가로서 새로운 원고를 써 볼 수 있었고, DJ는 센스가 넘쳐서 일하는 재미를 알게 해 주었다. 같이 일한 후배들과 출연진은 좋은 사람들이었고, 무엇보다 방송 시간이 즐거웠다. 다른 사람들의 말만 듣고 시작도 해 보지 않았다면 절대 알 수 없는 것들이었다.

내가 무언가를 하려 할 때 미리 친절하게 말해 주는 사람이 있다. 그건 힘들 거라고. 나와 맞지 않을 거라고. 별로니까 보지 말고, 가지 말고, 하지 말라고. 물론 나를 생각해서 해 주는 말이라는 것을 안다. 내 시간과 에너지를 낭비하지 말라는 배려. 하지만 나는 그들과 같지 않고, 그들 역시 나와 같지 않다. 어떤 것은 직접 겪어야만 알 수 있다. 그래서 누군가 조언을 구할 때면 대답하기가 조심스러워진다. 혹시라도 "내가 해 봐서 아는데" 같은 훈수를 두고 있는 것은 아닌지. 괜한 선입견으로 그 사람이 경험해 볼 기회를 막아 버리는 것은 아닌지.

때로 예고 없이 흔들리는 삶에 멀미가 날 때도 있지만, 미리 다 알고 산다면 그것도 지루할 것이다. 탄산이 모두 빠져 버린 미지근한 음료를 마시는 것처럼 말이다. 그러니 모든 것을 알려 주고 싶은 마음으로 너무 친절하지 않아도 괜찮다. 우리에게는 헤매는 시간과 실수할 시간과 실망할 시간도 필요하니까.

돈 받는 만큼
일한다는 것에 대하여

오래전, 일하던 곳은 다른 데에 비해서 원고료는 적었고 써야 할 원고는 많았다. 작가 일을 시작한 지 얼마 되지 않았던 때라 내 원고가 많이 부족하다고 느끼던 시기였다. 경력 많은 선배들이 맡은 라디오 방송을 들을 때면 주눅이 들었다. 내가 저렇게 멋진 글을 쓸 수 있을까. 도저히 불가능할 것 같았다. 시간은 많고 재능은 부족할 때 내가 할 수 있는 일은 글을 더 많이, 부지런히 써 보는 것뿐이었다.

그 시절의 나는 늘 원고를 썼다. 마음에 드는 글이 나올 때까지 쓰고 또 쓰다가 날이 새서는 그대로 세수만 하고 출근한 적도 많았다. 며칠 동안 잠을 제대로 못 자서 울면서 쓸 때도 있었다. 당시 작가들끼리 모임이 많았는데, 매번 원고 때문에 못 간다는 나에게 동료가 말했다.

"그 돈 받으면서 뭘 그렇게 열심히 해. 그런다고 누가 알아주나? 나는 돈 받는 만큼만 일할 거야."

물론 그 선택도 존중한다. 어쩌면 합리적일 수 있다. 하지만 그때 나는 다른 누구를 위해서 열심히 한 것이 아니었다. 누구도 나에게 강요하지 않았다. 양이 많고 쓰기 어려운 코너를 먼저 제안한 것도 나였고, 결국 끙끙대며 고생한 것도 나였다. 나는 그저 내 욕심과 만족을 위해서 일했다. 글을 더 잘 쓰고 싶은 욕심, 좋은 프로를 만들고 싶은 욕심. 누군가 오늘 글이 좋았다고 한마디 해 주면 그것으로 충분했다. 그렇게 몇 년 동안 많은 글을 열심히 썼다.

점점 경력이 쌓이자 다른 일도 더 해 보고 싶었다. 그러나 기회조차 잘 주어지지 않았다. 일 운이 별로 없던 나는 안 되나 보다 포기하고 있었다. 그런데 어느 날, 친한 선배에게 갑자기 연락이 왔다.

"라디오 에세이를 쓸 만한 작가를 구하고 있다는데 원고 좀 보내 볼래?"

기회란 이렇게 느닷없이 찾아오고는 한다. 한 시간 내

로 메일을 보내야 했다. 원고를 새로 쓸 시간은 없었다. 그동안 써 온 원고 중에서 몇 편을 골라야 했는데, 다행히도 몇 년 사이 원고가 꽤 많이 쌓여 있었다.

메일을 보낼 수 있어서 다행이라는 마음이었다. 잘되지 않아도 괜찮다고 생각했다. 적어도 선배에게 연락이 왔을 때, 주저하며 "보낼 만한 원고가 없어요"라고 말하지는 않았으니까. 다른 일을 하고 싶어 했으면서 왜 전혀 준비가 안 됐던 걸까 자책하지 않아도 됐으니까.

다음 날, 원고를 받은 쪽에서 같이 일해 보자는 연락이 왔다. 그동안 열심히 한 것이 의미 없는 일은 아니었구나 싶었다. 나중에 올지도 모를 기회를 잡기 위해서 노력한 것은 아니지만, 결과적으로는 기회가 왔을 때 놓치지는 않았다. 그곳에서는 매일 내가 써 보지 않은 원고를 써야 했는데, 많이 헤매지 않은 것도 그동안 다양한 원고를 쓰면서 단련되었기 때문이라고 생각한다.

동료 작가의 말처럼 나는 오랜 시간, 받는 돈에 비해 많은 원고를 공들여 썼다. 하지만 내가 그랬다고 해서 누군가에게 돈이 적어도 열심히 일하라고, 참고 일하다 보면 좋은 기회가 온다고 말하고 싶지는 않다. 냉정하게 보면 기회란 오지 않을 수도 있다. 적은 돈으로 열정을 강요당하는 상황이었다면 나 역시 돈 받는 만큼만 적당히 일할 거라고 말했을지도 모른다.

하지만 그게 어떤 일이든 자신을 위한 것이라면, 스스로의 발전을 위한 것이라면 애써 볼 만한 가치는 있다고 생각한다. 노력한 시간은 사라지지 않고 자신 안에 차곡차곡 쌓이게 되니까 말이다.

먼 길을 오래 돌아가야 할 때

　선배가 직장을 그만두고 교육대학원 시험을 준비한다고 했을 때, 나는 진심으로 응원했다. 그가 얼마나 교사가 되고 싶어 하는지 잘 알았기 때문이다. 하지만 3년간의 힘겨운 대학원 생활을 마치고도 그는 임용 시험을 볼 수 없었다. 그가 졸업하던 해에도 그다음 해에도, 그의 전공으로는 빈자리가 나지 않았던 것이다. 그는 좌절했고 몇 달간 훌쩍 여행을 떠났다. 그런데 돌아와서는 이렇게 말하는 것이었다.

　"나 교대 편입 시험을 보려고 해. 언제 뽑을지도 모르는 자리를 마냥 기다릴 수는 없어."

　너무 뜻밖의 이야기였다. 처음부터 다시 시작한다고? 7년을 공부한 전공을 버리고? 그의 나이는 30대 중반을 향해 가고 있었다. 편입 시험은 쉽지 않을 것이었다. 한 번에 붙는다 해도 학교를 졸업하고 임용 시험을 보기까지 시간이 너무 길고 아득해 보였다. 게다가 오랫동안 먼 길을 돌아갔는데 생각과 다르면 어떡하나 걱정되었다.

하지만 내가 그의 인생을 더 잘 아는 것처럼 훈수를 둘 필요는 없었다. 숱한 밤을 고민해서 내린 결정이었을 것이다. 게다가 주위 사람에게 걱정의 말을 많이 들었을 터였다. 나까지 보탤 필요는 없었다.

그의 용기가 대단하다고 생각한 것은 나는 하지 못한 일이었기 때문이다. 가던 길을 멈추고 다른 길을 가기로 결심한 것도, 그 길이 가로막히자 또 다른 길로 우회하기로 한 것도. 우리는 뭔가 하고 싶다고 말하면서도 나이나 주변 사람들의 말, 불안과 걱정 때문에 지레 포기하는 경우가 있다. 하지만 그는 그러지 않았다. 편입 시험을 준비해서 합격했고 교대생이 되었다. 나이 든 학생이라 너무 힘들다는 투정에는 은근한 행복이 묻어 있었다. 자신의 길을 잘 찾은 듯해서 다행이었다.

내가 일 때문에 정신없이 생활하는 동안 그는 학교를 졸업했고 임용 시험에 합격했다. 도대체 언제, 어떻게 갈까 아득했던 길은 벚꽃이 몇 번 피고 지는 사이 금방 지나가 버렸다. 같이 목적지에 도착한 사람들과 비교하면 꽤나 오랜 시간 먼 길을 돌아갔지만, 결국 자신이 원하던 곳을 찾아갔다.

초임 교사 시절을 거친 그는 이제 아주 능숙한 교사가 되었다. 오래전, 시작하기에 너무 늦은 것이 아니었을까 걱정했던 나이는 지금 생각하면 뭘 해도 좋을 나이였다. 그가 가던 길만 계속 갔으면 지금의 삶은 절대 만나지 못했을 것이다.

이륙을 해서 날던 비행기가 갑자기 회항해야 할 때가 있다. 기체에 이상이 있거나 승객이 아프거나 하는 비상 상황이 생겼을 때. 그런데 비행기가 비상착륙을 하기 위해서는 연료를 버려야 한다. 기체의 무게를 줄여야 하기 때문이다. 비싼 연료를 공중에 그냥 뿌려야 하지만 그럼에도 돌아서지 않으면 안 된다.

우리에게도 그런 순간이 있다. 지금까지의 것을 모두 버리고 돌아와서 처음부터 다시 시작해야 할 때. 멀고 아득해 보이는 길, 시작조차 엄두가 나지 않지만 용기 있게 그 길을 가는 사람들이 있다. 회항은 끝이 아니라 새로운 시작이라고 믿기에. 힘겹게 다시 출발선에 선 사람들이 오래전 그처럼 멋지게 날아오르면 좋겠다.

3장

누군가에게
지옥이 되지
않도록

닮고 싶지 않아

"앞으로 뭐 하실 거예요?"

일을 그만두게 되었을 때 같이 일하던 사람이 물었다. 이 질문에 단 한 번도 쉽게 대답한 적이 없었다. 예상 문제를 벗어난 면접관의 질문처럼 늘 말문이 막혔다. 실직 앞에서는 항상 뭘 해야 할지 몰랐고, 뭘 할 수 있을지도 잘 몰랐다. 인생의 절반이 일하다 잘리고, 다시 일하고 잘리는 것의 반복이었지만 언제나 처음 일을 그만두게 된 날 같았다. 혼자 우주를 떠도는 버려진 우주선이 된 기분. 그래서 보통 내 대답은 아직은 잘 모르겠다는 것이었다. 하지만 그날은 왠지 다른 말이 불쑥 튀어나왔다. 그즈음의 내가 정말로 많이 생각하던 일이라서 그랬을 것이다.

"뭘 하고 살진 잘 모르겠는데 뭘 안 하고 살진 알겠어요. 내가 싫어하는 사람처럼 살고 싶진 않아요."

앞만 보고 달려갈 때는 내가 되고 싶은 것만 생각했지, 되고 싶지 않은 것은 별로 생각해 본 적이 없었다. 그런데 그동안 일하면서 닮고 싶은 사람보다는 '이런 사람 정말 싫다' '나는 이렇게 살고 싶지 않다' 생각하게 만드는 사람들을 많이 만났다. 그들 때문에 상처받고 힘들고 괴로울 때면 생각했다.

'나는 저렇게 살지 말아야지. 저런 모습으로 나이 들지 말아야지.'

지금 내가 어떤 사람이 되고 싶은지, 어떻게 살고 싶은지 생각하게 만들어 주었으니 고맙다고 해야 할까.

10년 만에 다시 만난 사람이 있었다. 한때 내가 좋아하고 부러워하던 사람이었다. 좋은 직장에, 잘나가는 배우자에, 똑똑한 자녀까지. 그의 많은 것이 나에게는 동경의 대상이었다. 그런데 다시 만난 그는 예전과 많이 달라져 있었다. 반짝이는 눈빛과 우아한 미소는 어디로 간 것일까. 일에 대한 애정, 멋진 아이디어와 세련된 감각은 사라지고 늘어난 것은 불평과 투덜거림과 험담이었다. 물론 변하지 않은 점도 있었다. 물질적 가치를 중요시하는 사람이라는 것. 그게 언제나 대화의 주된 소재라는 것.

오래전 나를 주눅 들게 하고 부러운 마음도 들게 하던 부분이었지만 이제는 아니었다. 그의 이야기를 듣는 동안 내내 마음이 불편했고, 10년 전에 머물러 있는 생각과 마음의 크기가 안타까웠다. 아니, 어쩌면 그는 그대로인데 내 가치관이나 삶을 바라보는 시선이 달라졌기 때문인지도 모르겠다.

고리타분한 생각에 갇혀서 새로운 것을 받아들이지 않는 사람. 그러면서도 자신이 세련됐다고 생각하는 사람. 좋았던 시절의 영광만 생각하는 사람. 누군가의 어려움을 헤아릴 줄 모르는 사람. 나는 그를 닮고 싶지 않았고, 그처럼 나이 들고 싶지 않았다.

내가 싫어하던 모습이 되지 않는 데는 노력이 필요할 것이다. 세상에 휩쓸려 나를 잃어버릴 때, '이것쯤이야' 하고 쉽게 내가 나를 봐줄 때, '원래 그렇지, 뭐' 하며 마음을 놓아 버릴 때 나는 내가 싫어하던 사람처럼 나이 들어 갈 것이다.

적어도 나에게 상처 준 사람처럼 되지는 말아야지. 종종 거울을 닦아서 들여다봐야지. 내가 어떤 모습으로 살고

있는지. 어떤 사람이 되어 가고 있는지. 그게 내가 바라던
모습인지.

말도 마음도
가난해지지 말 것

내내 기다리던 전화였다. 전화벨이 한 번 울릴 때 이미 그 사람인 것을 알았지만 몇 번쯤 울리도록 놔두었다. 너무 빨리 받지는 않을 것이다. 계속 기다린 티를 내고 싶지 않았다. '이 정도면 적당할 거야' 생각이 들었을 때 심호흡을 하고 전화를 받자 그가 물었다.

"통화 괜찮아?"

"어? 응……. 지금은 괜찮아."

아까부터 쭉 괜찮았지만 한 박자 느리게 대답했다.

오래전 이야기다. 전화 통화 하나에도 왜 그렇게 솔직하기가 어려웠을까. 기다렸지만 기다리지 않은 척. '나는 너만 기다리고 있는 사람이 아니야' 하고 자존심을 세우고 싶었던 것일까. 친해지고 싶지만 어려운 선배 앞에서도 솔직할 수가 없었다.

"나도 그 영화 좋아해요."

조금 좋아하는 것도 많이 좋아하는 척.

"아뇨, 별로 안 기다렸어요."

괜찮지 않지만 괜찮은 척. 싫어하지만 싫어한다고 말하지 않은 적도 있다. 그래도 싫은 것을 좋아한다고는 하지 않았으니까 그렇게 큰 거짓말은 아닌 거야. 속이 환하게 비치는 여름용 커튼처럼 얄팍한 마음.

가까워지고 싶어서, 잘 보이고 싶어서 좋아하는 사람 앞에서는 마음을 다 꺼내 보이지 않고 반쯤 접어서 보여 주고는 했다. 전부 다 알게 되면 나를 싫어할지도 몰라. 하지만 싫어하는 사람, 일로 만난 사이에서는 너무 솔직한 것이 문제였다. 건조하고 날카로운 말을 에두르지도 않고 했다. 상대방의 기분을 맞추기 위한 솜사탕 같은 말은 하지 못했다.

"오늘 좋아 보여요." "신발 멋진데요?" "머리 잘 어울려요." 칭찬의 말을 가벼운 인사처럼 하는 사람들이 있다. 파도를 타고 서핑하듯이 부드럽고 자연스럽게. 그에 비해 나는 오토바이를 타고 비포장도로를 달리는 것 같았다. 무해

한 말 몇 마디일 뿐인데 하고 싶지 않았다. '내가 이렇게까지 해서 먹고살아야 해?' 하는 마음. 아부라고 생각해서였을 것이다. 사회생활이 잘 맞지 않는다고 생각하던 시절이었다.

부딪칠 대로 부딪치고 나서야 알았다. 사람과 사람 사이, 조금 더 부드럽게 말해도 좋았을걸. 서로 듣기 좋은 이야기 몇 마디 나눈다고 그리 손해 볼 일은 없다는 것을. 아부라고 생각할 일도 아니었다. 마음에 없는 거짓말도 아니었다. 내가 진심으로 그렇게 생각한다면, 그건 그냥 마음의 표현일 뿐이었다. 하지만 상대방의 좋은 점, 칭찬할 만한 점을 찾는 데 인색하던 시절이었다. 마음을 말로 표현하는 데는 더 인색했다.

일로 만난 사이에서 대부분 상대방은 갑이고 나는 을이었다. 언제라도 나를 해고할 수 있는 사람이라고 생각하면 주눅이 들 수밖에 없었다. 그걸 들키지 않기 위해서 마음은 구두쇠가 되었다. 좋은 말은 해 주지 않을 거야. 지지 않을 거야.

하지만 그동안 일하면서 나에게 좋은 이야기를 해 주는 사람들을 종종 만났다. 그들은 어떤 대가도 없이 아낌없이 마음을 표현했다. 지금이 아니면 안 된다는 듯이 자신의 감정에 솔직하고 충실했다. 말도 마음도 가난해지지 말라고 그들이 가르쳐 주었다.

내 마음이 넉넉해지고 여유로워지면 상대방의 좋은 점을 보게 된다. 내가 본 좋은 것을 이야기해 주고 싶어진다. 좋은 말을 해 준다고 내가 지는 게 아니라는 것을 안다.

그러니 마음이 말을 가로막아 가난해지지 않기 위해서 자꾸 말해 준다. 좋은 마음을 숨기지 않고, 돌리지 않고 있는 그대로 표현한다. 지금 줄 수 있는 좋은 것을 준다는 마음으로.

작은 선의

독일 남부의 작은 마을이었다. 호스텔에서 만난 독일인 친구와 식당에서 점심을 먹고 산책에 나섰다. 작은 개울을 가로지르는 다리를 건널 즈음이었다. 누군가 다급하게 부르는 소리가 들렸다. 뒤를 돌아보니 멀리서 한 남자가 뛰어오고 있었다. 식당에 지갑을 놓고 온 것일까? 아니면 걸어오면서 뭔가를 떨어뜨렸나? 우리는 그가 도착해서 잠시 숨을 몰아쉴 때까지 기다렸다. 그는 쑥스러워하는 얼굴로 무언가를 내밀었다. 목걸이였다. 이걸 왜 주는 것일까? 사달라는 뜻일까? 파리에서 인사를 받아 주는 사이 발레하듯 우아하게 내 손목에 실 팔찌를 채우고는 돈을 요구했던 남자처럼 목걸이값을 달라는 것일까? 하지만 그럴 만한 돈이 없는걸. 오늘 분의 여행 경비는 방금 식당에서 모두 썼다. 둘이 가장 싼 음식을 하나 시켜서 나눠 먹었는데도 예산이 초과되었다.

'이걸 살 수는 없어요'라는 의미로 손을 내젓는 나에게 그는 아직 숨이 가쁜지 단어와 단어 사이를 끊어 가며 말했다. 독특한 억양이 묻어나는 투박한 영어.

"우리 마을에 와 줘서 고마워. 이건 내가 직접 만들어서 파는 건데, 네게 선물로 주고 싶어."

선물이라는 말에도 언뜻 이해가 되지 않았다. 나에게? 왜? 물음표 가득한 표정의 내게 그는 "좋은 여행이 되길 바랄게"라며 목걸이를 쥐여 주었다. 그러고는 반환점을 돌아가는 육상 선수처럼 서둘러 가 버렸다. 여전히 어리둥절한 표정을 짓고 있는 나에게 독일인 친구는 선물이니까 그냥 받아 두라고 했다.

"이런 경우가 흔해? 이렇게 막 선물을 주고 가는 거?"

"아니. 사실은 나도 처음 봐."

얼핏 본 그를 다시 떠올려 봤다. 독일 사람 같지 않은 외모, 독특한 억양의 영어 말투, 작은 몸집에 지치고 피곤한 얼굴. 어쩌면 그는 다른 나라에서 온 이민자일지도 몰랐다.

그가 쥐여 주고 간 목걸이는 평범하고 투박했다. 관광객도 그리 많지 않은 이런 시골에서 팔리기는 할까? 어쩌면 하나도 팔지 못했을 수 있다. 지친 하루를 보내던 그는 우연히 나를 봤을지도 모른다. 고단한 이민자로서 어디에서 왔는지도 모를 동양인에게 이유 없는 동병상련의 아픔 같은 걸 느낀 것일까. 아무리 애써도 차별을 비껴갈 수는 없는 이방인의 한계.

아니, 이건 모두 나의 선입견일 뿐 그는 이 마을의 토박이일 수도 있다. 마을을 너무 사랑해서 내가 그곳에서 좋은 추억을 가져가기를 바란 것일지도 모른다. 어쨌건 그는 알 리가 없었다. 바로 직전 여행지에서 나를 투명 인간 취급하는 역무원 때문에 상처받았다는 것을. 유일하게 남은 아빠의 선물인 파란색 가락지를 깨뜨려서 며칠 동안 속상했다는 것을. 비슷비슷한 풍경 때문에 여행이 시큰둥해지고 있었다는 것을. 하지만 그의 작은 선물로 그날 나는 많은 것이 괜찮아졌다.

지금은 이름도 기억나지 않는 작은 마을. 세월은 정직한 세금 징수원처럼 많은 추억을 시간의 몫으로 가져갔지만 그때의 일은 아직도 가끔 생각나고는 한다. 그는 알까.

자신의 작은 선의가 오래도록 누군가의 마음에 선물처럼 남아 있다는 것을. 그런 선의는 한겨울 시베리아의 밤 같은 세상을 헤맬 때 기꺼이 위로가 되어 준다. 선의를 선물받은 나로 하여금 '나도 누군가에게 좋은 사람이 되고 싶다'라고 생각하게 한다.

하지 않던 일을
하게 되는 나이

호스텔의 공용 공간. 대여섯 개 나라의 언어가 라운지 음악처럼 흐르는 곳에서 아침을 먹는다. 동양인 두 명이 들어선다. 아무래도 한국 사람처럼 보이는데 역시나 둘이 속삭이는 것은 한국말이다. 반가워서 인사를 건넨다. 엉겁결에 인사를 받지만 조금 뜨악한 표정이다.

'이 사람은 왜 반가운 척하는 걸까?'

입은 웃고 있지만 눈은 경계한다. 괜찮다. 나에게도 그런 시절이 있었다. 외국에서 만나는 한국인이 전혀 반갑지 않던 시절. '지겨운 사람들과 일을 벗어나서 여기까지 왔는데 굳이 알은체를 해야 해?' 하며 실눈을 뜨고 봤다. 그 마음이 너무 이해가 가서 섭섭해하지 않는다. '나 이상한 사람

아닌데……' 변명하고 싶은 마음을 꾹 참으며 자리를 양보하고 일어선다.

　여행은 혼자 다녔다. 바쁜 일과 일 사이, 겨우 시간을 낸 휴가에 누군가와 맞추려고 노력하는 것이 싫었다. 매일 감정적으로 부대끼던 사람들을 벗어나 혼자만의 시간이 필요했다. 여행의 가장 좋은 친구는 약간의 외로움과 고독. 하루 종일 말 한마디 하지 않아도 괜찮았다. 누구에게도 소중한 시간을 방해받고 싶지 않았다.

　어쩌다 동행을 만나기도 했지만 가장 마음이 편할 때는 역시 혼자 여행할 때였다. 언제까지나 그럴 줄 알았다. 그런데 어느 순간 혼자 하는 여행이 지루해지고 심심해졌다. 초반 며칠이야 들떠서 보내느라 괜찮았지만 여행이 길어질수록 외로웠다. 무엇보다 그날의 기분과 감정을 같이 나눌 사람이 없다는 것이 아쉬웠다. 근사한 풍경을 봐도, 맛있는 음식을 먹어도, 멋진 공연을 봐도 나 혼자 감탄하고 나 혼자 감동했다. 함께인 사람과 "아, 정말 멋지지 않아?" 하며 감정을 나누고 싶어졌다.

　하지만 누군가와 같이 떠나는 것은 쉽지 않았다. 다들 가정이 있고 각자의 생활이 있었다. 결국 혼자 떠나는 여행에서 외롭지 않으려면 그동안의 나와는 조금 다른 내가 되어야 했다. 나는 약간의 수다쟁이가 되었다. 호스텔에서, 가게에서, 식당에서 만나는 사람들에게 먼저 인사를 하고 말을 건넸다. 예전에는 잘 하지 않던 일이었다.

몇 년 전에 여행한 바르셀로나는 가장 외로움을 많이 느낀 도시였다. 매일 아침 똑같은 빵집에 크루아상을 사러 갔는데, 무뚝뚝한 주인마저도 그렇게 반가울 수가 없었다. '아침이 되면 우리가 친절해지는 이유는 외롭게 잠을 잤기 때문이야'라는 시구⁺처럼 나는 이제 막 밤의 외로움을 벗어난 참이었다. 그는 하루의 시작에서 내가 가장 먼저 만나는 사람이었다. 어설픈 스페인어로 명랑하게 인사를 건네면 뚱한 얼굴이지만 그래도 곧잘 대답해 주었다. 그것만으로도 기분이 좋아졌다. 오며 가며 호스텔에서 만나는 사람들도 좋았는데, 무엇보다 반가운 것은 한국인이었다. 예전에는 슬쩍 피하고는 했지만 먼저 다가가서 인사했다.

호스텔 식당에서 점심을 준비할 때, 산티아고 순롓길에 다녀왔다는 학생들을 만났다. 빠듯한 예산으로 얼마나 아끼면서 여행하는지 한눈에 보였다. 나는 내가 먹으려던 볶음밥에 숟가락을 더 놓았고, 빵과 과일도 꺼냈다. 그것만으로는 부족한 것 같아서 내 식품 보관함을 알려 주며 언제든 마음껏 먹으라고 말했다. 이른 새벽에 로비를 서성이던 아버님과는 차를 함께 마셨다. 유학 중인 딸을 보러 왔다는 그에게서 잠 못 이루는 설렘이 고스란히 전해졌다. 군에서 제대하자마자 아무 계획 없이 날아왔다는 예비 복학생에게는 바르셀로나 가이드북과 좋았던 곳을 표시해 둔 지도를 빌려주었다. 연인에게 줄 선물을 고민하던 친구에게는 적은 예산으로 살 만한 선물 리스트와 가게를 적어 주었다. 한식을 먹어 본 지 오래라는 학생에게는 비상용으로 남겨 둔 누룽지와 된장국을 나눠 주었다. 별것 아니지만 역시 예전에는 하지 않던 일이었다.

어릴 때는 여행하면서 누군가 내 것을 가져갈까 봐 경계했다. 가난한 배낭여행자였으니 가진 것이 시간밖에 없었는데, 내 시간을 다른 사람에게 뺏기고 싶지 않다는 생각이 컸다. 괜히 이상한 사람과 엮여서 감정을 낭비하고 싶지도 않았다. 그런데 이제는 저 사람이 나에게서 무언가를 가져갈 것이라는 생각은 하지 않는다. 내가 무엇이라도 줄 수 있으면 좋겠다는 마음이 든다. 반가운 인사 하나라도. 내가 경험한 작은 일 하나라도. 잠깐 이야기를 들어 주는 시간만이라도.

　어느 순간 맞닥뜨린 외로움과 지루함은 다른 방법으로도 여행할 수 있다는 것을 알게 해 주었다. 이런 여행도 좋았다. 지나고 나니 풍경이나 미술관, 공연보다 더 오래 남는 것은 사람이었다. 아주 잠깐이라도 같은 시간, 같은 공간에 머무는 사람들과 인생의 어느 순간을 함께한다는 것. 어떤 부담이나 의무감도 없이 이야기를 나누고 작은 도움을 주고받는 시간. 서로가 서로에게 조금은 친절해지는 시간. 종종 꺼내 보는 추억이 되는 시간. 또 다른 만남을 기대하게 되는 시간.

+ 김행숙, 〈네 이웃의 잠을 사랑하라〉, 《타인의 의미》(민음사, 2010)

완벽하게 혼자가 되었을 때

　나는 혼자서도 잘 지내는 사람이었다. 외국 여행도 혼자 다녔고, 영화도 혼자 보는 것이 좋았다. 혼자 쇼핑하는 것이 편했고, 나에게 서점은 혼자 가는 곳이었다. 혼밥이 흔치 않던 시절에도 아무렇지 않게 혼자 밥을 먹었다. 사람들과 부대끼고 나면 혼자만의 시간이 꼭 필요했고, 집에서 혼자 고요하게 있는 시간을 좋아했다. 음악도 켜지 않고 적막함 속에서 책을 읽는 것이 최고의 휴식이었다. 그래서 일을 그만두고 대부분의 시간을 혼자 집에서 보내게 되었을 때, 좋았다. 책 읽고, 운동하고, 낮잠 자고, 요리하고. 이보다 평온한 생활이 있을까. 하지만 엄마는 혼자인 나를 걱정했다.

　"심심하지 않아? 집에 좀 내려와 있을래?"

나는 지금의 생활이 좋다고, 정말 잘 지내고 있다고, 평생 이렇게 살 수도 있을 것 같다고 자신만만해했다.

시간을 내 마음대로 쓸 수 있다는 것. 나와 맞지 않는 무리에 섞이지 않아도 된다는 것. 이런 즐거움을 포기하고 싶지 않았다. 그런데 즐거움은 딱 6개월까지였다. 그 시간이 지나자 어느 순간부터 불안함과 함께 고립감이 겨울 추위처럼 살갗에 스며들었다. 여름인데도 서늘한 냉기가 달라붙어서 떨어질 줄 몰랐다. 혼자이기를 좋아하는 나 같은 사람도 어딘가에 소속된 일 없이 완벽하게 혼자가 되는 것은 만만한 일이 아니었다.

무엇보다 사람들과 말을 주고받고 싶었다. "맛있다" "너무 웃겨" "예쁘다" 같은 말을 혼자 말하고 혼자 들었다. 메아리 없는 외침처럼 쓸쓸했다. 주로 가는 곳이 요가원과 도서관, 마트였는데 딱히 긴 대화가 오가는 곳은 아니었다. 어쩌다 말할 기회가 있으면 길게 대답하고, 무언가를 덧붙여서 묻고, 오래 이야기했다. 내가 이렇게 말을 많이 하는 사람이었나 놀랄 정도였다. 일터에서 사람들과 나누던 일상의 대화가 그리워졌다. 별것 아닌 소소한 이야기들. 저런 쓸데없는 말을 왜 할까 싶었던 것들까지. 함께 이야기를 나누고 싶어서라도 다시 일을 하고 싶을 지경이었다.

코로나19가 심각해지고 그나마 다니던 요가원과 도서관도 갈 수 없게 되자 며칠 동안 말 한마디 못한 적도 있었다. 하루 종일 집에만 있다 보니 우울함에 마음을 내줄 것 같았다. 실내는 불안하지만 탁 트인 공간은 괜찮겠지 싶어서 자전거를 타고 나갔다. 잔디밭에 드문드문 사람들이 있었다. 다들 그렇게 앉아 있어도 될까 잠깐 걱정했지만 사람들이 있다는 것이 반가웠다. 나와 전혀 상관없는 사람들, 멈춰서 인사나 이야기를 나눌 일도 없는 사이지만 그들이 그려 내는 풍경만으로도 왠지 위로가 되었다.

그날부터 매일 사람들을 보러 자전거를 타고 나갔다. 친구끼리, 연인끼리, 가족끼리 평온한 한때를 보내는 모습을 보는 것만으로도 마음이 따뜻해졌다. 사람들의 다정한 모습과 행복한 표정이 외로운 마음을 녹여 주었고, 그들의 온기를 가득 쬐고 돌아오면 그날의 에너지가 생겼다. 집에 돌아가면 다시 혼자가 되었지만 너무 외롭지는 않았다.

나는 선을 그어 놓고 사는 편이었다. 내가 선을 넘어가지 않을 테니 상대방도 넘어오지 않기를 바랐다. 허물 없이 가까워지려는 사람들은 부담스러웠다. 하지만 사무치게 외롭던 그때, 사람이란 주변 풍경처럼 있어 주기만 해도 위로가 된다는 것을 알았다. 풍경이 움직여서 다정한 말 한마디를 해 주면 마음은 뭉클해졌고, 따뜻하게 웃는 얼굴에 얼었던 마음이 녹았다. 친절하게 대해 준 사람들은 전부 이름을 적어 두고 싶을 정도였다.

혼자서 많이 외롭던 날들을 겪으며 생각했다. 나도 누군가에게 따뜻한 사람이 되면 좋겠다고. 다정하고, 마음이 넉넉하고, 괜찮은 사람이 되면 좋겠다고. 내가 더 이상 일도 할 수 없게 되고 가족도 내 곁에 없을 때, 완벽히 혼자가 되어서 잘 사는 방법은 아직 잘 모르겠다. 하지만 낯선 사람들과의 관계도 소중히 여겨야 한다는 것을 그때 배웠다. 서로에게 차가움이 아니라 온기를 전해 주면 좋겠다. 그 온기가 당신과 나의 외로움을 조금은 덜어 줄 테니.

누군가에게 지옥이 되지 않도록

급하게 계단을 뛰어 내려가고 있을 때 지하철 들어오는 소리가 요란하게 들렸다. 저걸 타야 한다. 안 그러면 지각이다. 3분 차이로 지각은 너무 아깝다. 마지막 계단을 내려섰을 때 지하철이 멈추고 문이 열리는 것이 보였다. 빨리 달려가서 저 문 안으로 들어가야 한다는 생각밖에는 없었다. 숨을 몰아쉬며 승강장 쪽으로 뛰었다. 그런데 그 순간 눈앞에서 불꽃이 튀었고, 잠시 후 나는 차가운 시멘트 바닥에 넘어져 있었다. 깊은 물속에 가라앉은 것처럼 머릿속이 웅웅거렸다. 무슨 일인지 찬찬히 따져 보기에는 넘어진 충격이 컸고 너무 아팠다. 일어나야겠다는 생각도 하지 못할 정도였다.

그때 내 얼굴 쪽으로 누군가의 두 발이 다가왔다. 그러고 보니 나는 무언가에 걸려서 넘어졌다. 아마 이 사람의 발이었을 것이다. 사람들이 뒤엉키는 복잡한 승강장에서 그런 일은 언제든 일어날 수 있다. 더군다나 나는 정신없이 뛰고 있었으니까. 상대방도 나만큼이나 놀라고 당황했을 것이다. 그래서 내가 다치지는 않았는지, 괜찮은지 묻기 위해서 다가왔을 것이다. 하지만 그 사람은 아무 말이 없었다. 걱정의 말도, 사과의 말도, 아무것도. 고개를 들어 발의 주인을 올려다봤다. 그는 팔짱을 낀 채 나를 가만히 내려다보다가 눈이 마주치자 씨익 웃었다. 그러고는 한쪽 다리를 들어 다리를 걸어 넘어뜨리는 시늉을 했다.

웃어서는 안 되는 상황에서 짓는 웃음. 스케이트를 타듯 앞으로 쭉 내민 다리. 상황을 파악하기까지 그리 오래 걸리지 않았다. 나는 실수로 넘어진 것이 아니었다. 간신히 힘을 짜내서 일어나 앉았다.

"저한테 왜 이러세요?"

그는 천연덕스럽게 "내가 뭘?"이라고 되물었다.

"일부러 제 다리를 걸어 넘어뜨렸잖아요. 아닌가요?"

그가 웃었다. 내가 아주 재미있는 농담이라도 한 듯. 그러고는 대답 대신 다시 한번 다리를 앞으로 내미는 시늉을 했다. 나는 그를 노려봤다. 그때 사람들이 나에게 괜찮냐고 물어보며 다가왔다. 그는 미소가 가시지 않은 채로 자리를 떴다.

살다 보면 최악의 하루라고 할 만한 일을 겪는다. 너무 억울하고 황당하고 어이가 없어서 "나한테 도대체 왜 그래?" 소리쳐 묻고 싶은 일들. 하지만 낯선 사람에게서 그렇게 악이 가득한 일을 겪은 것은 처음이었다. 그날 일은 나에게 꽤나 충격으로 남았는데, 평범하게 시작한 하루가 아무 이유 없이, 내 의지와는 상관없이 얼마든지 지옥이 될 수 있다는 것을 깨달았기 때문이다. 사람이 사람에게 지옥이 된다는 것은 얼마나 슬픈 일인가.

세상을 지옥으로 만드는 사람들이 있다. "사람이 어떻게 그래?" 하고 묻게 만드는 사람들. 그래도 우리가 살아갈 수 있는 것은 그렇지 않은 사람들이 훨씬 많다는 사실을 믿기 때문이다.

그날, 바쁜 출근길이었지만 사람들은 가던 길을 멈추었다. 충격으로 정신을 차리지 못하는 나를 일으켜 세우고 다친 데는 없는지 물었다. 까맣게 얼룩이 묻은 바지를 휴지로 문질러 주고, 부축해서 벤치에 앉혀 주었다. 병원에 가지 않아도 괜찮겠냐고 물어보고, 꼭 가 보라고 걱정하는 얼굴로 말해 주었다.

　사람들은 좋은 마음과 나쁜 마음의 경계를 넘어 다닌다. 그 경계를 넘어서 너무 멀리 가 버리지 않도록 종종 자신의 마음을 들여다봐야 한다. 아무리 작은 것이라도 누군가에게 지옥이 되지 않도록.

서로 다른 계절에 사는 사람들

여행 때문에 오래 집을 비우고 돌아왔다. 푸릇푸릇하던 화초가 노랗게 말라 가고 있었다. 자주 물을 주지 않아도 되어서 고른 것이지만 그래도 이렇게나 오래는 힘들었나 보다. 어쩌면 그렇게 될지도 모른다고 생각했다. 하지만 어쩔 수 없었다. 무거운 화분을 들고 가서 맡길 사람도 없었고, 집에 와서 물을 좀 달라고 부탁하기도 어려웠다. '어쩌면 괜찮을지도 몰라' 하고 나 편할 대로 생각하고 떠났다. 하지만 화초는 괜찮지 않았다.

그날 밤, 잠시 멈춤 버튼을 눌러 두었던 일상의 소식을 하나둘 업데이트했다. 블로그, 카페, 인터넷 뉴스를 부지런히 읽어 내려가다가 우연히 지인의 이름을 발견했다. 백화점 넥타이 코너에서 여자 대학 동기를 만난 것만큼이나 의외였지만 반가웠다. 그러고 보니 지인을 만난 지가 꽤 오래되었다. 그사이 그는 새로운 일을 시작했고 잘해 내고 있는 것 같았다. 기분이 묘했다. 그가 어떤 것을 배우고, 어디를 가고, 무슨 일을 했는지 내가 모르는 소식을 인터넷은 다 알고 있었다.

안부 인사와 함께 새로운 일을 축하하는 메시지를 보냈다. 답장이 없었다. 늦은 시간이니까 자고 있을지도 모른다. 하지만 다음 날 느지막이 일어나서 확인한 메시지함에도 그의 이름은 없었다. 자주는 못 만나도 1년에 서너 번은 꼭 얼굴을 보는 사이였다. 그런데 마지막으로 연락한 것이 언제였더라. 벌써 반년이 넘었다.

몸이 안 좋아서 휴가를 내고 집에서 쉬고 있을 때였다. 갑자기 만나자는 연락이 왔다. 우린 전에도 보통 그렇게 만나고는 했다. "오늘 시간 돼?" "이번 주말에 괜찮아?" 당일이나 하루 이틀 전에 보자는 급박한 연락.

아무리 닥쳐서 연락이 와도 특별한 사정이 없는 한 선뜻 약속을 잡았다. 하지만 그날은 거절할 수밖에 없었다.

"오늘 안 되면 주말은 어때? 꼭 만났으면 좋겠는데."

목소리에 다급함 같은 것이 있었지만 무리해서 나가기에는 컨디션이 좋지 않았다.

"미안한데 주말도 어려울 것 같아. 다음 주에 볼까?"

"…… 그래? 어렵다는 거지?"

온도 차가 느껴지는 차가운 말투. 그는 다시 연락하겠다며 전화를 툭 끊었다. 보통 때처럼 선뜻 나가겠다고 하지 않아서 기분이 상한 것일까? 마음이 불편하면서도 기분이 좋지 않았다. 내 사정 같은 건 아무래도 괜찮은 것일까? 매번 나가던 사람이 못 나간다면 그 정도로 사정이 있겠구나 생각할 수는 없을까? 섭섭했지만 다시 전화가 오면 잘 이야기하면 된다고 생각했다. 하지만 그게 끝이었다. 그 뒤로 연락이 없었다. 그날 전화를 기다리다가 잠이 들었고, 그 뒤로 많은 일이 있어서 잊고 말았다.

며칠이 지나도 답장은 없었다. 중간에 메시지를 한 번 더 보냈지만 연락은 오지 않았다. 그때 일이 아직 마음에 앙금처럼 남은 것일까. 별일 아닌 것 같았는데 그 정도로 마음이 상하는 일이었을까. 오랜 시간 알아 온 사이지만 가끔 섭섭한 일은 있었다. 그래도 잠시 거리를 두었다가 시간이 지나면 다시 자연스럽게 연락하고는 했다. 그런데 어쩐지 이번에는 다시 못 볼 수도 있을 것 같았다. 아쉽고 서운한 마음이 컸지만 한편으로는 홀가분한 마음이 뒷짐을 지고 슬며시 끼어들었다.

어쩌면 우리는 모르는 사이에 조금씩 멀어져서 겨우 얇은 실 하나를 붙들고 있었던 것 같다. 그걸 붙들고 서로 애를 써 왔는지도 모르겠다. 상대방에게 예의를 다하기 위해서. 서로에게 좋았던 시절의 모습을 보여 주기 위해서. 하지만 더 이상 입지 않는 옷처럼 우리의 우정 역시 어느샌가 차곡차곡 접어서 옷장 안 깊숙이 넣어 두었을 것이다. 오랜 추억이 담겨 있어서 버릴 수는 없지만 그렇다고 다시 꺼내 입을 것 같지는 않은 옷. 어쩌다 입고 나가도 하루 종일 어색하고 불편한 옷. 옷장 안에서 자리만 차지하던 그 옷을 이제는 치워 버리기로 한 것일 뿐 누구의 잘못도 아니었다. 집을 비워 둔 사이에 시들어 간 화초처럼 우리의 우정 역시 그렇게 되었을 뿐이다.

한때는 좋았지만 다시 만나면 어색하고 불편한 사람이 있다. 아무리 애를 써도 서로가 서로에게 반했던 시절, "그런 점 때문에 나는 네가 좋아"라고 말하던 시절로 돌아갈 수는 없다. 모든 것은 계절처럼 변하니까. 우리는 서로 다른 계절에 살게 되었으니까.

한때는 단짝이었던 친구 J를 두고 다른 친구와 이야기를 나눈다. 둘 다 J와 연락하지 않은 지 꽤 되었다. 초등학교 때부터 친구였으니 무척이나 오래된 관계였다. 대학생 때는 옷을 차려입고 10주년 기념 우정 사진을 찍기도 했다. 그때는 20년, 30년, 40년…… 계속 찍을 줄 알았다.

어린 시절에는 또래 친구가 세계의 중심이자 전부다. 친구를 중심으로 세상이 돌아가기 때문에 관계가 어긋나면 세상이 끝나는 것 같다. 그래서 상처가 되는 줄 알면서도 잘못된 관계를 계속 이어 나간다.

단짝이라고 믿었던 J는 종종 상처를 주었다. 나는 봐주고 기다리는 쪽이었다. 항상 다른 무언가를 찾아 헤매던

J는 시간이 지나면 잘못을 비는 애인처럼 눈물을 흘리며 돌아왔다. 10년이 넘는 세월 동안 한결같았다.

어느 저녁, J가 울면서 전화를 걸어왔다. 사귀던 사람 때문이었다. 자주 있는 일이라 놀랄 것도 아니었다. 그래도 내가 필요하다고 하니 모든 것을 뒤로하고 달려갔다. 밤새 이야기를 들어 주고 위로하며 곁에 있어 주었다. J는 이제 달라지겠다고, 조언을 새겨듣겠다고 말했다. 하지만 그날 새벽, J는 자신을 울게 만든 사람에게 걸려온 전화 한 통에 나를 두고 가 버렸다.

매번 똑같은 일의 반복. 피로감이 몰려왔다. 내가 진심을 다해서 해 준 이야기와 J를 위해 기꺼이 내준 시간이 홍대 앞 술집 바닥에 버려져 뒹굴고 있었다. 이제는 그만하고 싶었다. 너무 지쳤다. 오래 기다렸고, 많이 봐주었고, 자주 상처 받았다. 지난 추억이 많았지만 앞으로 함께 나누고 싶은 추억은 없었다. 그날 이후, 우리는 모르는 사이가 되었다.

함께 친하게 지냈던 다른 친구들은 종종 J를 그리워했다. 하지만 난 J의 안부가 궁금하지 않았다. J를 생각하면 아주 작은 감정의 일렁임도 없었다. 미움도, 그리움도, 아쉬움도, 애틋함도 없었다. 오랜 관계가 한순간에 이럴 수도 있을까 싶을 정도로 평온했다. 서로 몰랐던 사이처럼. 마음의 스위치를 툭 꺼 버린 것처럼. 물론 한순간에 그렇게 된 건 아닐 것이다.

북해의 바닷속에는 강철 고리가 있다고 한다. 이 고리에 줄을 매달아서 안전선을 표시하기 때문에 무척이나 튼튼하게 만든단다. 일부러 끊어 내려면 4톤의 힘이 필요할 정도로. 하지만 그렇게 단단하던 고리도 오랜 세월 눈과 비와 바람을 맞다 보면 녹슬기 시작한다. 매일 아주 조금씩 약해진 고리는 어느 순간 살짝만 건드려도 툭 끊어지게 된다.

J를 향한 나의 감정도 그랬을 것이다. 아주 오랫동안 조금씩 상처받고 조금씩 멀어지면서 마음의 문이 서서히 닫혔을 것이다. 굳게 닫힌 마음에는 이제 애정도, 미움도 남아 있지 않았다.

강철이 녹슬듯이 관계라는 것도 그렇게 부식된다. 시간이 흐르고, 마음이 변하고, 서로의 선택이 달라지면서 영원할 것 같던 사람과의 연결 고리는 조금씩 녹슬어 간다. 그러다 어느 한순간에 아무렇지 않게 툭 끊어져 버린다. 그런 관계는 돌이킬 수 없다. 모르는 사이가 되어 각자의 길을 갈 뿐이다. 마음의 스위치가 꺼진 관계, 다시 켜질 수 없는 관계가 되어서.

당신과 나 사이의
적당한 거리

"무엇을 그린 그림일까요?"

도슨트가 묻는다. 그림 앞에 반원형으로 모인 사람들이 가만히 그림을 들여다본다. 커다란 캔버스를 가득 채운 것은 까맣고 짙은 어둠이다. 특별한 모양과 형태가 없는 그림, 여느 추상화처럼 보인다. 다들 비슷한 생각을 하는 것 같지만 누구도 먼저 나서지는 않는다. 선생님이 칠판에 어려운 수학 문제를 적었을 때의 고요함. 도슨트는 이런 침묵에 익숙하다는 듯 명랑하게 말을 잇는다.

"잘 모르겠다는 얼굴이네요. 그럼 조금 뒤로 가서 그림을 볼까요?"

사람들은 말 잘 듣는 착한 학생이 되어 뒤로 물러난다.

"자, 이제 그림을 다시 보세요. 어떤 게 보이나요?"

도슨트가 제안한 위치에 선 사람들은 숨은 그림을 찾는 것처럼 신중하게 그림에 집중한다. 미간에 잡혔던 주름이 하나둘 펴진다. 아, 이제는 알 것 같은 문제. 익명 속에 숨어 있던 사람들이 "밤하늘이 보여요" "나무요" "숲 아닌가요?" 하며 한마디씩 거든다. 도슨트가 고개를 끄덕인다.

"다 맞아요. 이건 밤의 숲을 그린 그림이에요."

처음 가까이에서 봤을 때는 어둡고 까맣기만 했는데 멀리서 보니 형태가 있는 그림이다. 캔버스 위쪽으로는 밤하늘이, 아래쪽으로는 숲이 있다. 하늘을 가릴 정도로 울창한 숲.

"바닥에 하얀 선이 보이죠? 이 그림은 여기서 봐야 한다고 화가가 정해 준 거랍니다."

친절한 화가. 자신의 그림을 제대로 보기를 바랐을 것이다. 조금 떨어져서. 약간의 거리를 두고서.

너무 가까이에서는 보이지 않는 것. 어느 정도 거리를 두어야 더 잘 보이는 것. 밤의 숲을 그린 그림처럼 인생의 많은 것이 그렇다. 한 걸음 물러서서 보면 다르게 보이곤 한다. 하지만 인생의 많은 시간을 바로 눈앞의 것만 보며 살았다. 내가 만나던 그 사람만이 전부이고, 내가 하던 그 일만이 전부라고 생각하면서. 그 사람을 잃거나 그 일을 잃으면 내 인생이 끝날 것만 같았다. 하지만 그를 잃고, 일을 잃고, 더 소중한 많은 것을 잃었지만 아직 인생은 계속되고 있다.

가까운 사람의 모든 것을 알고 싶어 하던 때도 있었다. 둘 사이에 틈이 없을수록 소중한 사이라고 착각했다. 너무 가까워서 언제든지 뺨을 올려붙이고 돌아설 수 있다는 것을 몰랐다. 한발 물러서 보니 내가 알고 있던 사람은 거기에 없었다.

나도 나를 잘 모르는데 누군가를 다 안다는 것은 불가능하다. 하지만 몰라서 좋은 일도 있다고 생각한다. 더 가까워서 뭐 할 건데. 속속들이 다 알아서 뭐 할 건데. 적당히 예의 바르고 적당히 거리가 있는 사이도 나쁘지 않잖아.

한때 고마웠던 사람

처음 일을 시작했을 때 좋은 기회를 준 사람이 있었다. 나를 믿어 준 것이 고마웠다. 그 고마움을 마음 한편에 잘 담아 두고 언제까지나 잊지 말자고 생각했다. 명절이나 휴가 때 여행을 다녀오면 늘 작은 선물을 준비했다. 마음을 전하고 싶어서였다. 한 번도 내 선물에 답례를 한 적은 없었지만 상관없었다. 무언가 바라고 한 일이 아니었기 때문이다. 그런데 어느 해 추석에 선물을 받고는 "안에 나한테 쓴 카드 없지?"라고 물었다. 그러고는 포장도 뜯지 않은 채 다른 사람에게 선물로 주었다. 그건 섭섭함을 넘어서 마음에 상처가 되는 일이었다. 예의 없는 마음에 더 이상 성의를 보일 이유는 없었다. 몇 년 동안 나에게 보여 준 시큰둥한 반응도 이만하면 되었다 싶었다. 그동안 마음 쓴 것으로 충분했다. 그날 이후로 선물하는 것을 그만두었다.

또 다른 고마운 사람이 있었다. 나에게 몇 번 일을 소개해 줬었다. 일로 만난 사이지만 보기 드물게 괜찮은 사람이었다. 합리적이고, 배려할 줄 알고, 갑질과도 거리가 멀었다. 하지만 시간이 지나면서 조금씩 달라졌다. 언제부터인가 좋은 사람이라고 자신 있게 말하기가 어려웠다. 그래도 '나에게 고마운 사람이니까' 하는 마음으로 봐주고는 했다. 산술적으로만 따지자면 그동안 내가 받은 것을 몇 배나 돌려주었겠지만, 그래도 종종 마음의 빚을 진 기분이 들었다. 하지만 결국 그 사람 때문에 일을 그만두게 되었다. 고마웠던 사람에서 다시는 보고 싶지 않은 사람이 되는 데는 채 몇 년이 걸리지 않았다.

한때 아끼던 사람, 소중했던 사람들이 있다. 그 관계가 언제까지고 이어질 것이라고 생각했다. 하지만 인연의 깊이가 발목 정도로 얕았는지 별것 아닌 일로도 쉽게 사이가 멀어졌다. 그동안 함께한 시간은 아무것도 아니라는 듯 내가 보여 준 애정과 호의는 모두 던져 버리고 한순간에 돌아선 사람도 있었다.

처음 그런 일을 겪었을 때는 잠 못 이룰 정도로 괴로웠다. 마음을 더 많이 주는 사람이 지는 게임. 그 게임에서 지지 않겠다고 다짐했다. 하지만 깎아 둔 사과처럼 결심은 쉽게 변했다. 괜찮은 사람을 만나면 '이번에는 지난번과 다를 거야' 하며 제멋대로 믿어 버리고는 했다. 하지만 한두 번의 흔들림만으로도 관계에는 쉽게 균열이 생겼다. 믿었던 사람의 무심한 표정을 보고는 그제야 깨달았다. 결국 우리는 그리 대단한 사이가 아니었구나.

이제는 어느 정도 선을 그을 줄 안다. 지금 마음을 주되, 미래의 그 사람에게까지 마음을 주지는 않는다. 내일 그 사람이 어떻게 달라질지 모르니 네가 그럴 줄 몰랐다며 섭섭해하지 않기로 한다.

과거의 고마움만으로 관계를 이끌어 가지도 않는다. 지난 시간에 마음의 빚을 진 것 같아서, 차마 나쁜 사람이 되고 싶지 않아서, 그래도 곁에 있는 게 나을 것 같아서 삐걱대는 관계를 끌고 갈 때가 있다. 하지만 그건 서로에게 불행한 일이다. 과거에 사이가 어땠든, 그 사람이 나에게 어떻게 했든 지금의 모습이 아니라면 그걸 봐줄 이유는 없다.

순간순간의 관계에 충실하되 너무 많은 기대도 하지

않고 너무 멀리까지 생각하지도 않는다. 좋았던 사람도 한 순간에 돌아설 수 있다. 언제라도 모르는 사이가 될 수도 있다. 하지만 인연이 거기까지일 뿐 섭섭할 일도, 화낼 일도, 미워할 일도 아니다.

각자의 사정

"런던에 가 보셨다고요? 정말요? 와, 거리감이 확 느껴지네요."

어쩌다 이야기가 그렇게 흘러갔을까? 냄새나고 작고 허름한 물리치료실 안에서, 어쩌다가 런던 이야기를 하게 된 것일까.

서울에 살 때는 새로 지어서 바닥이 피겨 스케이트장처럼 반짝이는 정형외과에 다녔다. 그러다 시골로 내려오니 도스토옙스키의 소설 속에 들어와 있는 것 같았다. 탁한 공기, 흐릿한 조명, 좁은 공간에 다닥다닥 붙어 있는 침대, 아무리 빨아도 지워지지 않겠다고 결심한 듯 끈덕지게 달라붙어 있는 퀴퀴한 수건 냄새, 원래는 무슨 색이었을지 도통 알 수 없는 빛바랜 커튼, 고무줄이 느슨하게 늘어나서 자꾸 흘러내리는 환자복.

그런 허름한 동네 병원에 손님이 끊이지 않는 것은 그 치료사 덕분이라고 했다. 작은 키에 네모난 얼굴, 단단한 몸집. 트럭처럼 굳건하게 생긴 치료사. 별로 기대하지 않았지만 몇 주 동안 고생하던 등허리 통증이 하루 만에 괜찮아진 것을 보고 보통 실력은 아닌가 보다 했다. 저 정도면 더 깨끗하고 좋은 병원에 스카우트될 법도 한데. 무슨 사연 같은 게 있는 것일까? 시골에 숨어 살아야 하는 사연.

"그동안 대체 무슨 일을 하면서 사신 겁니까? 최소한의 근육으로 최대치의 힘을 쓰면서 살아왔어요. 몸에 미안해하셔야 하고요, 고마워하셔야 합니다. 이제부턴 정말 잘 쓰셔야 하고요."

우리의 주된 대화는 몸과 통증에 관해서인데 나는 매번 혼나는 기분이 든다. 그때마다 엄마의 잔소리를 건성으로 듣는 아이처럼 띄엄띄엄 "네네" 할 뿐이다. 그런데 런던 이야기는 어떻게 나온 것일까.

그는 나를 조금은 안쓰러운 눈빛으로 보고는 했다. 내가 아픈 가족을 간호하기 위해서 서울 생활을 접고 시골로 내려온 것을 알고 나서부터였다. 치료 외에는 이게 자신이 해 줄 수 있는 최선이라는 듯 마스크 위로 내보이던 선하고 부드러운 눈빛. 늘 평온하던 가느다란 눈이 동그랗게 커졌다.

"와, 런던이라니."

그의 감탄에 조금 소리 내어 웃었다.

"그렇게 놀랄 정도예요? 런던 가는 거 큰돈 안 들어요. 이코노미 타고, 호스텔에 묵고, 음식도 만들어 먹고요."

"제가 사정이 그렇지 않아서요."

씩씩하던 그의 말투가 약간 의기소침해진다. 아무래도 시간 내기가 어려운 것일까.

"원장님한테 휴가 좀 달라고 하세요. 이렇게 열심히 하시는데 일주일 휴가도 안 주실까."

"뭐, 그렇습니다. 하하. 죽기 전에 한번 가 볼 수 있을까요. 제 평생 소원인데."

그의 말에 간절함이 담겨 있어서 너무 쉽게 이야기한 것이 미안해졌다. 누군가에게는 일주일은커녕 2박 3일 휴가도 엄두가 나지 않을 수 있다. 얼마 안 든다고 말한 돈은 너무 큰돈일 수도 있다. 나에게는 별것 아닌 일이 다른 사람에게는 별일일 수 있다는 것을 생각하지 못했다.

"요즘 환자가 정말 많이 줄었어요. 잘릴까 봐 걱정이에요. 밤에 잠도 안 온다니까요. 환자분은 그런 걱정 안 해 보셨죠? 얼마나 불안한지 모르실 거예요."

내가 런던 같은 데를 다녀왔다고 해서 그런 걱정이 없을 거라고 생각하나 보다. 제가 평생 해 온 일이 그건 걸요. 잘릴까 봐 걱정하는 거. 불안해하는 거. 하지만 나는 오해를 바로잡지 않는다. 내가 그를 잘 모르듯이 그도 나를 잘 모른다. '그러니까 우리는 비겼네요'라고 속으로 생각한다. 그는 여전히 나를 별걱정 없이 사는 사람으로 생각할 것이다.

우리는 모두 각자의 사정을 안고 살아간다. 그러나 그것들은 저마다의 발밑에 감춰져 있어서 알아보기가 쉽지 않다. 그래서 얼핏 보고, 마음대로 오해하며, 성급하게 결론을 내리고는 한다. 사람은 우주 같아서 우리는 서로의 아주 일부분만 알 수 있을 뿐이다.

나는 그를 잘 모르지만 이제 한 가지는 알게 되었다. 그에게는 평생의 꿈이 있다는 것. 나는 그가 언젠가 런던에 갔으면 좋겠다. 가장 보고 싶다던 빅벤 앞에서 사진을 찍고 템스강을 따라 걸었으면 좋겠다. '이런 여행쯤 별것 아니네' 생각했으면 좋겠다.

지난 상처에서 배운다는 것

　라디오 다큐멘터리 취재를 위해서 터키에 간 적이 있다. 때는 한여름, 그늘에 들어가면 선선했지만 살갗에 내리꽂히는 강렬한 햇빛은 무서울 정도였다. 이스탄불을 거쳐서 파묵칼레에 도착했을 때, 나는 만반의 준비를 갖춘 상태였다. 긴바지에 긴팔 셔츠, 얇은 카디건, 머리부터 목까지 둘둘 감은 스카프, 얼굴의 반을 가리는 큼지막한 선글라스, 거기에 파란색 양산까지. 이렇게 무장을 했어도 그늘 한 점 없는 길을 꽤나 오래 걸어야 했기에 걱정되었다. 그런데 통역을 도와주던 담당자가 나를 보고는 눈살을 찌푸렸다.

　"무슨 공주님인 줄? 양산까지는 너무했다. 피부 좀 타면 어때? 유럽에서 양산 들고 다니는 사람 보면 거의 한국인이더라. 좀 유난스러워."

　대부분의 관광객이 짧은 반바지에 민소매 차림이었
다. 그에 비하면 내 차림이 좀 유별나기는 했다. 그래도 그
렇지, 공주라니. 비꼬는 말투에 기분이 좋을 리 없었다.

　나는 햇빛 알레르기가 있다. 맨살에 햇빛을 오래 쬐면
두드러기가 올라오고 심하면 수포가 생긴다. 한여름 바닷
가에서 수영복을 입거나 선탠은 꿈도 꿀 수 없다. 외출할 때
긴팔 옷과 양산은 필수다. 번거롭지만, 한마디씩 보태는 사
람들에게 일일이 설명하는 것보다 수고스럽지는 않다.

　"좀 타도 좋지 않아? 건강해 보이잖아."

　점심을 먹으러 가면서 양산을 펼쳐 들었다고 나는 졸
지에 꽤나 까다롭고 유별난 사람이 된다. 물론 사정을 알고
나면 다들 당황해서 사과한다.

　"그런 게 있어? 많이 힘들겠네."

　못마땅해하던 얼굴은 순식간에 걱정하는 얼굴이 된다.

　누구나 남들은 모르는 사정이 있다. 보이는 모습만 갖
고는 알 수 없다. 그런데 사람들은 종종 좋을 대로 판단하
고, 툭 내뱉고 나서 미안하다는 한마디로 수습한다. 말이란

것은 한번 하고 나면 없던 게 되지를 않는데. 하얀 셔츠에 남은 잉크 자국처럼 지워지지 않는 것도 있는데.

다르지만 비슷한 기억으로 남은 일이 또 있다. 오래전 같이 일하던 선생님과 점심을 먹으러 갔을 때였다. 그가 마음씨 좋은 어른의 얼굴을 하고서 말했다.

"내가 권 작가를 봐 온 지 1년이 되었는데 말이야. 권 작가에게서는 부재가 느껴져, 아버지의 부재가. 나랑 일하는 동안 단 한 번도 아버지 이야기를 한 적이 없는 거 알아? 아마 본인은 모르고 있었겠지만."

어떻게 모를 수가 있을까. 나는 일부러 아빠 이야기를 하지 않았다. 아니, 할 수가 없었다. 아빠가 돌아가신 지 4년 쯤 지났을 때였다. 아직 아빠가 떠났다는 사실을 온전히 받아들이지 못하고 있었다. 울지 않고서는 아빠라는 단어조차 입 밖으로 꺼낼 수 없었다. 그래서 아빠와 관련된 어떤 이야기도 할 수가 없었던 것이다.

그가 아버지의 부재를 이야기할 때 많이 놀랐다. 어떻게 알았을까. 아빠가 돌아가신 것은 누구에게도 말한 적이 없는데. 세월의 내공은 그냥 얻어지는 것이 아닌가 보다 싶었다. 하지만 그게 아니었다. 그는 나에게 다른 충고를 했다.

"아버지와 어떤 응어리가 있는지는 잘 모르겠지만 살아 계실 때 잘해 드려. 나중에 후회해."

그는 내가 아빠와 사이가 좋지 않아서 아빠 이야기를 하지 않는다고 생각했다. 그래서 인자한 얼굴로 부모와 자식의 관계에 대해서 조언했다. 그가 나쁜 것은 아니었다. 단지 어른으로서 좋은 말을 해 주고 싶었을 것이다. 하지만 그의 조언은 내가 아무리 하고 싶어도 영원히 할 수 없는 것이었다. 그날 나는 집에 돌아가서 오래 울었다. 상대방을 생각해서 좋은 마음으로 전한 충고나 조언도 상처가 될 수 있다는 것을 그때 알았다.

내 마음 같지 않은 사람 때문에 우리는 상처를 받는다. 하지만 상처가 그냥 상처로 끝나고 만다면 우리 역시 누군가에게 상처 주는 사람이 될 수도 있다. 우리는 다른 사람의 실수에서 배울 수 있고, 똑같은 사람이 되지 않기 위해 노력할 수 있다.

잘 알지도 못하면서 함부로 이야기하지 말 것. 다 아는 것처럼 어설픈 조언을 하지 말 것. 그게 내가 지난 상처에서 배운 것이다.

우리는 그들과 달리
더 좋은 사람이 될 수 있다

하던 일을 그만두고 프리랜서가 되었을 때 한 작가를 소개받았다. 다방면에서 일을 많이 하는 사람이라고 했다. 할 일도 많고 힘든 부분도 있을 거라고 했지만, 나는 일이 필요했고 경험은 더 필요했다. 많은 걸 배울 수 있을 것 같았다.

처음에는 좋았다. 일이 쉽지는 않았지만 재밌었고 보수도 나쁘지 않았다. 작가는 깐깐하고 날카로운 면이 있기는 해도 자기 일에 프로페셔널하다고 생각하면 이해할 수 있었다. 시작할 때는 몇 달만 일해 보는 것으로 이야기를 했었다. 그런데 내가 일하는 것이 마음에 들었는지 앞으로 계속 같이 일하고 싶다고 했다.

"여러 가지 일을 해 보는 게 정말 중요해. 경험이 재산

이야."

맞는 말이었다. 경험만큼 중요한 것이 없었다. 많은 경험을 쌓다 보면 내가 하고 싶은 일을 골라서 하는 날도 올 것이었다. 가끔은 보수가 따로 없는 일도 있었다. 그때마다 작가는 말했다.

"이런 건 돈 주고도 못 배우는 거야. 우리 땐 다 이렇게 배웠어."

그래, 우선은 일을 배우는 게 중요하지. 보수가 있든 없든 모든 일을 완벽하게 잘해 내고 싶었다. 일을 잘한다는 칭찬은 언제나 듣기 좋았다. 그런데 칭찬 뒤에는 내가 해야 할 또 다른 일이 기다리고 있었다. 보수를 받지 못하는 일, 그냥 도와야 하는 일이 점점 늘어났다. 할 일이 너무 많아서 과부하가 걸릴 정도였다. 잠잘 시간과 밥 먹을 시간을 쪼개서 하루 종일 일에만 매달렸다.

처음 그가 나에게 보여 준 반듯한 예의와 노동에 대한 합당한 대가는 이미 오래전에 사라졌지만, 나는 미처 알아차리지도 못했다. 하루에도 몇 번씩 도와 달라는 전화가 걸려왔다. 내가 어디서 뭘 하고 있는지는 전혀 상관이 없었다. "지금 시간 되니?" 같은 질문도 하지 않았다. "부탁해. 고마워" 같은 말은 어느새 생략되었다. 중요한 건 한 시간 내로 원하는 자료를 찾아 보내야 한다는 것, 그뿐이었다. 새벽 두 시에 연락을 받고 자다 말고 일어나 일한 적도 있었다. 주말 에도, 휴가 때도 상관없었다.

그런 일이 너무 무신경하게, 아무렇지도 않게 일어났 다. 하지만 나는 단 한 번도 사정이 있어서 안 된다고 하지 않았다. 못한다는 말은 하고 싶지 않았다. 나는 일을 잘하는 사람, 무엇이든 척척 해내는 사람이어야 했다.

잘못되었다고 말하지 않아서, 어렵겠다고 거절하지 않아서 결국은 부려 먹기 쉬운 사람이 되었다는 것을 그때 는 몰랐다. 원래 그렇다는 말, 다들 그렇게 배웠다는 말을 굳게 믿었다. 주변의 누구도 그게 잘못된 것이라고 말해 주 지 않아서 몰랐다.

참고 기다리면 좋은 날이 올 것이라는 순진함도 있었 다. 그 사람처럼 유명한 작가가 되고 싶은 욕심도 있었다. 사람의 선의를 믿었다. 내가 정말 잘되기를 바란다고, 나를 위해 애쓰고 있다고, 곧 좋은 일이 있을 거라는 말을 마지막 순간까지 믿었다. 하지만 결국 좋은 일 같은 것은 없었다.

어느 날, 급하게 연락을 받고 불려 나간 자리에서 나는 그 사람의 집안일을 대신 처리해야 했다. 그때 깨달았다.

'아, 이건 아니구나. 정말 아니구나.'

그 후 그와 관련된 모든 일을 정리했다. 그때 내가 마지막으로 들은 말은 "이렇게 뒤통수를 치니? 내가 너한테 얼마나 잘해 줬는데!"였다. 그런 그에게 받은 1년 동안의 보수는 5백만 원이 채 안 되었다. 당시 그 사람은 나보다 수십 배는 더 벌고 있었다.

"나 때는 다 그렇게 배웠어."

힘주어 말하던 얼굴이 기억난다. 그렇게 배우면서 힘들지 않았을까? 억울한 마음은 없었을까? '나는 그러지 말아야지' 하는 생각은 안 했을까? 아니면 오히려 이렇게 결심했던 것일까?

'나도 나중에 똑같이 해 줄 거야. 아니, 더 지독하게 해 줄 거야.'

나는 그 사람 같은 선배가 되고 싶지 않았다. 아무리 작은 일이라도 후배에게 무보수로 일을 시키고 싶지 않았고, 후배가 쓴 원고를 내가 쓴 것처럼 거짓말하고 싶지 않았다. 불합리하고 비도덕적인 일에 "원래 그래"라거나 "우리 땐 다 그렇게 배웠어"라는 말도 하고 싶지 않았다. 부당한 대접을 받는 후배를 보고도 모른 척하거나 오히려 이용하는 일은 하고 싶지 않았다. 좋은 선배까지는 못 되더라도 나쁜 선배는 되고 싶지 않았다.

살다 보면 나를 힘들게 하는 사람을 만나기 마련이다. 하지만 내가 어떤 사람 때문에 힘든 시간을 보냈다고 그 사람처럼 되어야 할 이유는 없다. 우리는 그들과 달리 더 좋은 사람이 될 수 있다. 다른 사람에게 괜찮은 사람이 될 수 있다.

알 수 없는 알고리즘이
여기로 데려왔지

유튜브를 보다 보면 추천 영상의 유혹을 받고는 한다. 평소 별로 관심이 없던 분야지만 호기심에 클릭하면 나와 비슷한 사람들의 고해성사 같은 댓글을 만난다.

'알 수 없는 알고리즘이 나를 여기로 데려왔어요.'

처음 유튜브를 보기 시작한 이유는 필요한 정보를 검색하기 위해서였다. 원하는 자료, 필요한 영상만 찾아보고는 끝이었다. 그러다 시간은 많고 무료하던 어느 날, 나를 위해서 친절하게 추천해 준 영상을 우연히 클릭하게 됐다. 하나의 영상은 그다음 영상으로 이어졌고, 그다음 영상은 또 다른 영상으로 이어졌다. 정신을 차렸을 때는 몇 시간이 홀쩍 지나 있었다. 뫼비우스의 띠처럼 무한대로 재생 가능해서 영원히 그 안에서 살 수도 있을 것 같았다.

얼마 전까지만 해도 채식과 건강 위주였던 추천 영상은 어느 순간부터 '이런 게 나랑 무슨 상관이지?' '도대체 나를 어디에 데려다 놓은 거지?' 싶은 영상으로 채워졌다. 내의지와는 상관없이 제멋대로 추천한 것처럼 보이지만, 사실 모두 언젠가 내 한 번의 클릭에서 시작되었을 것이다. 아무리 작고 희미해도 나는 어딘가에 발자국을 남겼을 테고, 그게 다시 나에게로 돌아온 것이었다. 세상 모든 일은 부메랑처럼 돌아오곤 한다. 유튜브 동영상 하나마저도.

마음 전하는 일이 서툴던 시절, 누군가에게 무심하게 상처를 주었다. 한참 뒤에 나 역시 같은 상처를 받았다. 그렇게 아플 줄 몰랐다. '누군가 아프게 한 벌을 받은 거야.' 오래전 내가 상처 준 사람들에게 미안해졌다.

일터에서는 더 많은 상처가 있었다. 뺏고 빼앗기는 정글의 세계. 일하다 보면 어디에나 얌체처럼 끼어들어 일을 가로채는 사람이 있었다. 일을 빼앗긴 사람은 큰 상처를 받고 울면서 떠났다. 하지만 시간이 지나면 일을 가로채 갔던 그 사람 역시 똑같은 방식으로 울면서 떠나고는 했다.

'남을 울게 하면 결국 나도 울게 될 거야.'

당장 일이 없어 곤란해도 남의 일을 기웃거리지 않기로 결심한 이유였다.

'교감의 실'이라는 말이 있다. 우리 삶은 보이지 않는 천 가닥의 실로 서로 연결되어 있다. 이 교감의 실을 따라서 우리 행동이 원인으로 전달되고, 그게 결과가 되어서 다시 우리에게 돌아온다는 것이다.

내가 누군가에게 아픔을 주면 나 역시 아픔을 돌려받게 될 것이라고 생각한다. 내가 좋은 것을 주면 그 좋은 것이 나에게로 돌아오지 않을까.

삶이 어디에든 발자국을 남기는 일이고 무엇이든 준대로 돌아오는 일이라면, 조금 덜 이기적이고 조금 덜 해를 끼치고 조금 덜 나쁜 삶을 살고 싶다.

4장

중요한 것은
내 안에
있다

나는 생각이 많다. 머릿속에 끊임없이 채널을 바꿔 대는 TV가 늘 켜져 있는 기분이다. 대부분이 쓸데없는 걱정과 후회, 미련과 아쉬움 같은 것이지만 그냥 꺼 버리기란 쉽지 않다. 생각이 마음에 들지 않는다고 내 마음대로 채널을 바꿀 수도 없다. 초보 스케이터가 빙판 위를 정신없이 미끄러지듯 생각은 내 의지와 상관없이 시공간을 누비고는 한다.

오래전, 생각의 무게에 짓눌리지 않고 삶은 단순하고 가볍던 때가 있었다. 아무 계획 없이 떠난 배낭여행에서였다. 그때 내가 가진 것은 약간의 여행 경비와 유럽 전역의 기차를 탈 수 있는 유레일패스, 그리고 돌아갈 비행기표뿐이었다. 목적지를 정해 놓지 않은 여행이었기에 미리 숙소를 예약하지도 않았다. 그런데 내가 여행한 시기는 전 세계에서 여행객이 가장 많이 몰리는 여름휴가철이었다. 예산으로 묵을 수 있는 곳은 저렴한 호스텔이었지만, 싸면서도 위치 좋은 숙소가 남아 있을 리 없었다.

그때 나에게 가장 중요한 일은 그날 묵을 숙소를 구하는 것이었다. 밤 기차를 타고 새벽에 새로운 도시에 도착하면, 나와 처지가 비슷한 여행객이 우르르 기차에서 내렸다. 그들보다 빨리 숙소에 도착해야만 그날의 잠자리가 해결되었다. 가는 곳마다 자리가 없으면 눈앞이 깜깜해졌다.

베네치아는 숙소 경쟁이 그 어느 곳보다 치열했다. 걸을 때마다 휘청거리는 무거운 배낭을 메고 호스텔을 여러 군데 돌았지만 방이 없었다. 이러다 노숙해야 하는 것은 아닌가 머릿속이 아찔해질 무렵, 시내에서 멀리 떨어진 호스텔에 겨우 한 자리 얻을 수 있었다. 커다란 방 두세 개를 터놓은 듯 넓은 공간에 철제 이층 침대가 다닥다닥 붙어 있던 곳. 교통이 불편한 데다가 통금 시간까지 있어서 저녁 여행은 포기해야 했다. 그래도 잠잘 공간이 있다는 것이 얼마나 고마웠는지 모른다.

며칠을 지낼 침대 하나를 얻고 나면 다른 걱정거리는

모두 하찮아졌다. 마트에 가서 커다란 생수 한 병과 가장 싼 바게트까지 사 두면 그날 미션은 끝. 이후에는 가볍게 짐을 챙겨 들고 나가서 느긋하게 도시를 여행하면 되었다. 잠자리와 먹을 것만 해결되어도 살 것 같다니. 다른 걱정이 끼어들 틈이 없다니. 사람이 그렇게 단순해질 수 있다는 사실을 그때 처음 알았다.

생각은 단순하고 마음은 편했던 시절. 가진 것은 거의 없었지만 그때의 나는 간절히 무언가를 갖고 싶다거나 특별히 되고 싶은 것이 없었다. 그냥 그날 하루, 꽉 채워 보내는 것이 전부였다.

'이걸 갖게 되면 행복할 거야' '이런 목표를 이루면 기쁠 거야' '이런 사람이 되면 좋을 거야' 하며 자꾸 미래를 이야기한다는 것은 지금이 마음에 들지 않는다는 뜻이다. 지금 나에게 없는 무언가를 가져야 하고, 지금의 내가 아닌 다른 누군가가 되어야 행복하다면 그 행복은 진짜일까. 간절히 원하던 곳에 도착하면 행복은 무지개처럼 한발 물러나고 우리는 다른 곳을 보며 또 다른 것을 꿈꾸겠지.

많이 불행하던 시절, 나는 그 이유가 남들보다 적게 가졌기 때문이라고, 원하는 것을 이루지 못했기 때문이라고 생각했다. 하지만 간절히 바라던 일을 하게 되었을 때도 마냥 좋지만은 않았다. 그게 영원하지 않다는 것을 알았고, 곧 잃게 될까 두려웠다. 그때 나는 자주 악몽을 꿨다.

사람은 갖고 싶은 것이 많아질 때 괴로워진다. 잃을 것이 많을 때도 역시 괴로워진다. 갖고 싶은 모든 것을 가질 수 없는데 자꾸 채우려고만 애쓴다.

생각해 보면 하루 중 우리를 웃게 하는 것은 작고 단순하고 별것 아닌 일이다. 내가 가진 물건이나 이룬 일이 고단한 마음을 안아 주지는 않는다. 생각도 삶도 마음도 조금 더 단순하게. 어제나 내일이 아니라 오늘을, 그리고 지금을 살고 싶다.

명상을 시작한 것은 미워하지 않기 위해서였다. 나를 해고한 사람과 한 달은 더 같이 일해야 하는 상황이었다. 이럴 때 마음이 달려가는 가장 쉽고 가까운 목적지는 미움이다. 화가 난 채로 상대방을 미워하며 지내는 것. 하지만 그건 살면서 이미 충분히 많이 해 봤고, 결론적으로 내가 나를 다치게 하는 일이라는 것을 알고 있었다. 누군가를 미워하느라 나를 상처 주고 싶지 않았다. 그저 내 마음이 괴롭지 않기를, 고요하고 평온해지기를 바랐다. 그때 생각난 것이 명상이었다.

명상을 본격적으로 해 본 적은 없었다. 나에게 명상은 너무 신비주의거나 너무 상업주의였다. 명상의 단편만 보고 생긴 오해와 선입견일 것이다. 깨달음을 이룬 현자가 되는 일은 너무 고차원적이라 감히 닿을 수 없을 것 같았다. 그렇다고 유명한 CEO들이 찬양하듯 성공의 황금 열쇠를 찾기 위해서 명상을 하고 싶지는 않았다. 간절히 바라면 이루어진다는 긍정 심리학의 옷을 입은 얄팍하고 힙한 명상의 신자가 되고 싶지도 않았다. 내가 바라는 것은 마음의 평온, 그뿐이었다. 그게 얼마나 힘든지는 나중에야 알게 되었지만.

명상에 대한 책을 읽고 유튜브를 보면서 내가 원하는 명상의 모습을 찾아 나갔다. 처음에는 그렇게 어려워 보이지 않았다. 잠깐, 5분만 앉아 있는 거야. 숨을 길게 들이쉬고 내쉬면서. 호흡에 집중하고 아무 생각 없이 마음을 차분하고 고요하게 만드는 거지.

하지만 생각 없이 고요해지기란 얼마나 어려운지. 명상을 시작하려고 자리에 앉는 순간 기다렸다는 듯이 온갖 잡다한 생각이 밀고 들어왔다. '세탁기 돌려야 하는데. 음식물 쓰레기도 버려야지.' '이메일 답장 쓰는 걸 깜빡했네?' '장 보러 갈 때가 됐는데. 사과랑 버섯이랑 다시마랑…… 맞다! 도서관 책 반납 연장해야지. 아, 이건 잊기 전에 휴대전화 스케줄에 적어 놔야 하는데.' 5분이라는 시간 동안 머릿속은 빅뱅이 일어나는 우주 같았다.

괴로운 생각은 어떤가. 잊으려 하면 할수록 더욱 생생하게 떠올랐다. 모든 괴로운 생각을 우주 밖으로 쫓아 버린다고 해도 단 1초면 다시 돌아와 있을 것이었다. 고요해지기 위해서 앉아 있는 것인지, 머릿속이 시끄러워지기 위해서 앉아 있는 것인지 분간이 되지 않았다. 그래도 의기소침하지는 않았다. 이 모든 게 당연하고 자연스러운 현상이라는 것을 수많은 명상의 대가들이 알려 주고 있었기 때문이다.

처음에는 비록 흉내만 내는 수준이었지만 새벽에 혼자 고요하게 앉아 있는 시간이 좋았다. 5분에서 10분, 10분에서 20분……. 명상하는 시간도 점점 늘어났다. 그 시간 중단 몇 초라도 생각의 파도에 휩쓸리지 않을 때는 머지않아 마음의 평온을 만날 것 같아서 기뻤다.

물론 집 안에서는 고요하던 마음이 밖으로 나가는 순간쉽게 흔들리고 깨졌다. 보기 싫은 사람과는 여전히 일을 해야 했고, 그가 아무렇게나 내던지는 말 때문에 상처받았다. '혼자 있을 때만 평온한 명상이 무슨 소용이람' 하며 좌절하기도 했다. 하지만 생각해 보면 그때라도 평온한 것이 어디인가. 그렇지 않았다면 혼자 있을 때도 지옥이었을 것이다.

물론 명상이 모든 괴로움을 사라지게 하는 것은 아니었다. 하루에 두 시간씩 명상을 한 적도 있지만 불안과 욕심, 걱정과 괴로움은 언제 어디서든 만날 수 있었다. 그걸 모두 없애는 일은 불가능할 것이다. 다만, 같이 살아가는 데 너무 불편하지만 않아도 괜찮다고 생각한다.

　무엇보다 우리에게는 고요한 시간, 자신과 만나는 시간이 필요하다. 나에게는 그것이 명상이었다. 꼭 어딘가에 앉아서 눈을 감고 할 필요는 없다. 걷거나, 샤워를 하거나, 청소를 하거나, 밥을 먹을 때. 하루 중 아주 잠깐, 세상으로 향한 안테나를 꺼 두는 시간. 내가 나로만 있어도 충분히 괜찮은 시간. 우리에게는 그런 시간이 필요하니까.

산책길을 두 바퀴째 걷고 있을 때였다. 길 오른편으로 하얀 목화밭이 보였다. 잠시 걸음을 멈추게 하는 아름다운 풍경이었다. 그 풍경에 감탄하다가 문득 '한겨울에 목화솜이 필 리 없는데? 게다가 저렇게 키가 컸나?' 궁금해졌다.

걸음을 멈추고 이름표를 들여다봤다. 무궁화였다. 꽃봉오리마다 눈송이가 하얗게 내려앉아서 꼭 솜을 터뜨린 목화처럼 보였던 것이다. 눈송이를 살포시 얹은 꽃망울이 그렇게 예쁘다는 것을 그때 처음 알았다. 바쁘게 앞만 보고 갔을 때는 보지 못한 풍경이었다. 다른 생각에 빠져 있어도 못 봤을 풍경이겠지.

매일 아침, 한가로운 시골 마을을 느긋하게 산책한다. 아니, 느긋하다고 생각했다. 팔을 앞뒤로 힘껏 흔들면서 씩씩하게 걷는 동네 사람들이 "아이고, 그렇게 천천히 걸어서 운동이 되겠어?"라며 훈수를 둘 정도로 여유롭게. 그런데 아니었다. 걸음은 느렸지만 마음은 그렇지 않았다. 내 마음이 너무 바쁘다는 것을 맞은편에서 걸어오는 사람을 보고 알았다. 빠른 걸음으로 걷는 그는 출발선에 선 육상 선수처럼 몸이 앞으로 잔뜩 기울어져 있었다. 언제라도 달려 나갈 준비가 되어 있는 것처럼 걷는 모습이 무척이나 위태로워 보였다. 저렇게 걸으면 허리가 아프지 않을까? 그 사람의 허리를 걱정하다가 문득 내가 걷고 있는 이유가 생각났다.

걷기 운동을 시작한 것은 통증 때문이었다. 한동안 잠잠하다 싶더니 '있지, 네 몸에서 여기는 허리고 여기는 등이고 여기는 어깨야' 하며 잊지 말라는 듯 하나하나 뚜렷하고 세세하게 아팠다. 어디에 부딪친 것도 아니고 무거운 물건을 들다가 다친 것도 아니었다. 다시는 보고 싶지 않아서 전화번호를 지워 버린 사람의 전화를 무심결에 받았을 때처럼 반갑지 않은 통증이 불쑥 찾아왔다. 늘 그렇듯이 뼈에는 이상이 없었고 디스크도 아니었다. 의사는 잘못된 자세가 통증을 일으키는 것이라고 했다. 오랜 세월, 앉아서 글 쓰는 생활이 대부분이었다. 자세가 그리 좋을 것 같지는 않았다. 그래도 생각보다 더 나빴나 보다. 의사는 이러다가 앞으로 걸어 다니지 못할 수도 있다고 잔뜩 겁을 주었다.

잘 걷기 위해서 시작한 운동이었다. 그런데 정작 걷는 데는 별 신경을 쓰지 않았다. 귀로는 음악이나 팟캐스트를 들었고, 시선은 가이드를 따라가는 관광객처럼 주변을 두리번거리느라 바빴다. 머릿속에는 수많은 생각이 회전율 높은 식당처럼 끊임없이 들어오고 나갔다. 아마도 내가 할 수 있는 가장 나쁜 자세로 걷고 있었을 것이다.

한 걸음 한 걸음 제대로 걸어야 했다. 우선 귀에 꽂고 있던 이어폰부터 뺐다. 고개를 들고 시선은 정면. 허리는 바로 세우고 가슴은 넓게. 팔은 가볍게 앞뒤로 흔들고, 보폭은 적당한 간격. 발뒤꿈치에서 발바닥, 발가락 순으로 땅을 지그시 누르며 걷기. 숨은 가볍게 들이쉬고 내쉬기. 처음에는 같은 쪽 팔다리를 동시에 들어 올리는 슬랩스틱 코미디처럼 어색하기 짝이 없었다. 하지만 천천히 시간을 들여서 걷기 시작하자 제대로 걷는다는 것이 어떤 느낌인지 알 수 있었다.

온전히 걷기에만 집중하는 시간. 그 시간이 좋아졌다. 그건 내가 내 몸을 느끼는 시간이었다. 팔다리의 움직임, 피부에 닿는 바람, 가볍게 흔들리는 머리카락, 귓가에 들리는 숨결까지. 내 몸을 바라보고 살펴보고 관심을 가지는 시간. 생각이 과거나 미래를 헤매지 않고 지금 이곳에, 다른 사람이나 다른 일에 향해 있지 않고 나에게로. 나와 단둘이 보내는 시간. 처음에는 음악 없이 지루한 길을 어떻게 걸을까 싶었지만, 제대로 하자면 잘 걷는 일 하나도 쉽지 않았다. 걷기만 해도 충분히 꽉 찬 시간이었다.

"나는 길가에서 자라고 있는 작은 보라색 꽃들을 알아차리기 위해 명상 수행을 한다. 그렇지 않으면 그것들을 놓치고 지나갔을 것이다."

명상가 무닌드라의 말을 좋아한다. 걸을 때는 걷고, 밥을 먹을 때는 밥을 먹고, 음악을 들을 때는 음악을 듣고. 명상이란 지금 이 시간에 존재하는 것. 지금 내가 하고 있는 일을 제대로 하는 것. 무닌드라가 말했듯 우리는 오직 현재의 순간을 살고 있을 뿐이니까. 현재의 순간이 진실이니까.

좋아하는 것을 하는 시간

　도서관과 수영장. 집 가까운 곳에 이 두 가지만 있다면 더 바랄 게 없을 것 같다. 예전에는 훨씬 더 많은 것이 필요했다. 영화관, 서점, 카페, 대형 마트는 필수. 공연장과 백화점, 볼거리 많은 쇼핑센터도 있어야 했다. 내가 절대 시골에서 살 수 없는 이유는 이런 것 때문이라고 생각했다.

　하지만 이제는 생활이 달라졌다. 하고 싶은 일을 다 할 경제적 여유가 없었다. 안 해도 괜찮은 것을 하나씩 빼기 시작했다. 개봉 영화를 반드시 다 봐야 하는 것은 아니었다. 매일 카페에 가야 하는 것도 아니었다. 다 읽지도 못할 책을 매달 수십 권 사는 것, 외식을 하고 배달 음식을 먹는 것, 계절마다 SPA 브랜드의 옷을 사는 것도 꼭 필요한 일은 아니었다. 많은 것이 절대 빼놓아서는 안 될 것 같았지만 빼놓아도 괜찮았다. 하지 않으면 불행할 것 같았지만 불행하지 않았다. 없으면 못 살 것 같았지만 없어도 살아졌다. 그 모든 것을 다 하지 않아도 나는 괜찮았다.

생활이 단출해지면서 점점 더 많은 것이 필요가 없어졌다. 그래도 나를 즐겁게 하는, 있으면 정말 좋겠다 싶은 두 가지가 도서관과 수영장이었다. 내가 가장 좋아하는 순간은 도서관에서 빌려 온 책의 첫 장을 넘길 때, 그리고 물 속에 들어가서 수영을 할 때다. 이 즐거움은 언제까지고 누리고 싶다는 생각을 해 본다.

오래전, 주말도 없이 바쁘게 일할 때는 내 시간이라는 것이 없었다. 어쩌다 시간이 나면 밀린 잠을 자거나 다음에 해야 할 일을 미리 준비해 두는 것이 전부였다. 더 많은 시간이 생겼을 때는 도대체 뭘 해야 할지 몰랐다. 내가 뭘 좋아하는지 몰라서 다른 사람의 취향이 내 취향이 되었다.

내가 어떤 일을 할 때 진심으로 즐거운지 알게 된 것은 돈은 적어지고 시간은 아주 많아졌을 때였다. 자전거를 타고, 책을 읽고, 수영을 하고, 음악을 듣고, 인터넷으로 공연을 보고. 돈 없이도, 돈이 적어도 할 수 있는 일이었다. 물건을 사서 반짝 즐거운 것보다 오래, 깊이 즐거웠다.

그동안 쓰지 않아도 될 일에 시간을 많이 썼다. 사지 않아도 될 것을 많이 샀다. 하지 않아도 될 일에 마음을 많이 쏟았다. 이제는 그 시간에 내가 정말 좋아하는 것을 하고 싶다.

나는 어떤 일을 할 때 가장 즐거울까? 그걸 찾을 수 있다면 남들이 하는 모든 걸 하지 않아도 괜찮을 것이다. 내 시간을 내가 좋아하는 것으로 채워 나가면 좋겠다.

나는 이기적이 되기로 했다

일에 관한 한 나는 이기적으로 굴었다. 집안 경제 상황을 고려했다면 오래전 나는 다른 선택을 했어야 했다. 하지만 내가 하고 싶은 일을 하겠다고 선언하며 덧붙였다.

"불안정한 일이야. 돈은 잘 못 벌 수도 있어."

무엇이든 내가 원하는 대로 살게 했던 엄마는 단 한 가지, 내 일에서만큼은 슬쩍 아쉬움을 보였다. 안정적이고 평범한 일이면 좋을 텐데. 일할 때 조금 덜 예민해지고, 덜 날카로워지면 좋을 텐데.

엄마가 바라는 일은 지루한 천국이었다. 나는 재미있는 지옥에 살고 있었다. 힘들 때도 있었지만 이 일을 하게 되어서 다행이라고 생각할 때도 많았다. 다른 일을 했다면 내 인생은 시들시들한 대파 같았을 거야.

내가 하는 일은 심심할 틈이 없었다. 고속 열차를 탄 것처럼 정신없이 시간이 흘렀다. 그래서 어느 날 갑자기 열차가 멈춰 섰을 때, 나는 나에게 남아 있는 것에 놀랐다. 적지 않은 나이, 그리 대단할 것 없는 경력, 얄팍한 통장, 불안한 미래. 그동안 하고 싶은 일을 하면서 이기적으로 살아온 결과가 겨우 이것인가. 나와는 다른 선택을 한 친구들의 삶과 비교되었다. 눈 감고 살았던 현실이 그제야 따귀를 세게 올려붙였다.

내가 이기적이지 않았더라면, 하고 싶은 일을 포기했더라면, 다른 선택을 했더라면 엄마는 오래전에 은퇴하고 쉴 수 있었을 것이다. 여행을 다니고, 운동을 하고, 취미 생활을 하고, 더 좋은 많은 것을 누렸을 것이다. 하지만 지금 내가 해 줄 수 있는 것은 아무것도 없었다. 처음으로 내가 해 온 일을 후회했고, 지금의 나밖에 되지 못한 것이 미안했다.

미안함은 마음 밑바닥에 가라앉아 무거운 우울이 되었다. 미안함은 무언가를 하고 싶게 하지만, 우울은 아무것도 하고 싶지 않게 한다. 미안함은 애틋한 마음으로 상대방을 떠올리게 하지만, 우울은 무감한 마음으로 아무도 떠올리지 않게 한다.

　우울이 너무 무겁고 깊어서 밤마다 울면서 잠들었다. 그동안의 내 인생 전체가 의미 없는 것처럼 여겨졌다. 우울이 모든 것을 집어삼켜서 아무것도 보이지 않았다. 거기에는 가족도, 내일도 없었다. "사랑하는 사람을 생각해서 힘내야지"라는 말이 전혀 통하지 않는 곳. 나는 조용히, 영원히 사라지고 싶었다.

　어느 저녁, 휴대전화를 무음으로 해 놓고 자고 일어났을 때였다. 엄마의 부재중 전화가 열 통도 넘게 와 있었다. 엄마는 그런 사람이었다. 잠시만 연락이 닿지 않아도 안절부절못하는 사람. 멀리서 목소리만 들어도 힘이 난다고 말하는 사람. 나만 괜찮으면 다른 것은 다 필요 없다고 말하는 사람. 그런 사람이라는 것을 잠시 잊고 있었다.

　나는 그 마음을 이용해서 그냥 이기적이 되기로 했다. 이제 와서 나 아닌 사람이 될 수는 없었다. 하기 싫은 일을 억지로 하면서 돈을 더 벌고 싶지 않았다. 경제적으로 도움이 되지 못하는 것은 가슴 아팠지만 불행해지고 싶지 않았다. 무엇보다 불행한 채로는 계속 살아지지 않을 것 같았다. 이기적인 나라도 옆에 있는 것이 엄마에게는 행복일 거라고 내 마음대로 생각했다.

나는 나를 벌주는 일을 그만두었다. 다른 내가 되지 못한 나를 탓하는 일도, 겨우 이것밖에 되지 못한 나를 미워하는 일도. 나는 그냥 이기적이 되기로 했다.

그 무엇도 위로가 되지 않을 때,
우리는 어떻게 살아갈 수 있을까

"누군가가 나를 구해 줄 수 있었다면 그건 당신이었을 거예요."

버지니아 울프는 주머니에 돌을 넣고 강으로 걸어 들어가기 전 남편에게 마지막 편지를 남겼다. 신경쇠약으로 고통받던 그는 결국 죽음을 택했지만, 늘 곁에 있던 남편이 진심으로 고마웠을 것이다. 생의 많은 순간 그가 자신을 구해 주었다고. 그래서 버틸 수 있었다고.

삶이 흔들릴 때 곁에서 잡아 주는 사람이 있다. 다시 일어설 수 있게 손 내밀어 주고, 너는 혼자가 아니라고 말해 주는 사람. 그런 사람 덕분에 우리는 다시 힘을 낸다.

나에게도 있을까? "누군가 나를 구해 줄 수 있다면 그건 바로 당신일 거야"라고 말해 주는 사람이. 나는 누군가에게 그런 사람이 되어 주고 있을까?

지인들에게 몇 주 간격으로 연락을 받았다. 책을 읽다가 내가 쓴 책 제목을 봤다고, 그래서 안부 겸 소식을 전한다고. 그 책에 왜 내 책이 등장하는지 이야기를 듣고 한동안 마음이 무거웠다.

책에 나오는 20대 후반의 고인은 스스로 생을 끝냈다. 그가 얼마나 고독했고 절망했을지 감히 짐작한다고도 말할 수 없다. 그가 살던 작은 방에는 몇 권의 책이 있었다. 모두 마음의 위로가 필요한 사람을 위한 책이었다고, 그가 떠난 집을 청소한 작가는 적었다. 하지만 간절하게 위로가 필요했던 그에게 그 책은 결국 도움이 되지 못했다. 잠깐의 위로 그 이상은 아니었을 것이다. 도움이 되었다면 그는 지금 힘을 내서 살고 있을 테니까.

그 자리에 다른 책이 있었으면 어땠을까. 삶에 도움이 되는 실용서 같은 것. 세상과 싸우는 법이나 돈 잘 버는 법, 삶의 노하우를 가르쳐 주는 책들. 그러면 그에게 정말로 도움이 되지 않았을까.

아니, 그런 책도 결국은 빈껍데기에 불과할 때가 많다.

책이 없는 삶을 상상할 수 없는 나에게도 책이 아무런 위로가 되지 않던 때가 있었다. 삶의 어둡고 긴 터널을 지날 때는 어떤 것도 의미가 없었다. 가족도 친구도 사랑도, 그 무엇도 나를 웃게 하지 못했다. 내 안의 어둠이 너무 커서 자꾸만 그 안으로 빨려 들어갔다.

  나는 그곳을 어떻게 빠져나왔을까. 그때 나는 오래 잤고, 많이 울었고, 병원에도 다녔다. 세상을 향해 열린 창문을 꼭꼭 닫아 버리고 나만 생각했다. 가족도, 일도, 다른 사람도 신경 쓰지 않았다. 내일도 너무 먼 미래였다. 매일 오늘만 버텨 보기로 했다. 지친 마음이 기운을 차릴 때까지 아무것도 하지 않았다.

  그렇게 길고 긴 겨울잠을 자던 어느 날, 어떻게 해서 그렇게 되었는지는 모르겠지만 듣고 있던 음악이, 그리고 두꺼운 커튼을 통해 들어온 햇살이 나를 어둠 저편에서 이끌어 내 주었다. 무엇이 다시 나를 살아가고 싶게 했는지는 잘 모르겠다. 다만 아주 작은 씨앗 같은 것이라는 생각이 든다. 내가 나를 생각하며 나에게 내준 시간 동안 내 안에서 싹튼 씨앗.

그 무엇도 위로가 되지 않을 때, 우리는 어떻게 살아갈 수 있을까. 지금 우리를 살아가게 하는 것이 모두 사라졌을 때, 무엇이 우리를 계속 살아가게 할까.

그건 어려운 문제이고 나 역시 아직 찾지 못했다. 그걸 찾기 위해서 계속 마음에 물어야 할 것이다. 그럼 마음은 질문에 대한 답으로 어딘가에 작은 씨앗을 심어 둘 것이다. 그래서 모든 게 사라져도 너는 괜찮을 거라고, 삶의 의미를 다시 찾을 수 있을 거라고 말해 줄 것이다.

우리를 살게 하는 것

오래전 그가 시한부 판정을 받고 투병할 때, 유일하게 기운을 차리는 시간은 한 드라마를 볼 때였다. 그는 그 드라마가 방영되는 날을 기다렸고, 드라마를 보는 동안에는 얼굴이 편안해 보였다. 아프다는 것도 잠시 잊은 듯했다.

그는 한 회 한 회가 끝날 때마다 "다음에 어떻게 될 것 같니?" 묻고는 했는데, 아마도 드라마를 끝까지 보지 못할 거라고 생각했던 것 같다. 의사가 말한 마지막 시간이 다가오고 있었지만 드라마는 이제 겨우 중반부를 지나고 있었다. 나는 그가 드라마의 마지막 회를 꼭 보면 좋겠다고, 그때까지 버텨 주면 좋겠다고 생각했다. 내가 할 수 있는 일은 아무것도 없어서 단지 그것만이라도 바랄 뿐이었다.

길었던 겨울이 지나고 봄이 시작될 무렵, 드라마는 끝났다. 그는 드라마의 엔딩을 지켜봤고, 한 달 뒤에 평온하게 떠났다. 의사가 말한 것보다 조금 더 긴 시간이었다. 어쩌면 기다릴 무언가가 있어서 힘을 더 냈는지도 모르겠다. 죽음도 잠시 잊게 하는 것. 조금 더 버틸 힘을 주는 것. 그에게는 좋아하는 드라마 한 편이 그랬다.

작고 사소한 것. 우리를 살게 하는 것이 그렇다. 멈춰선 마음을 움직이게 하고, 다시 일어서게 한다.

삶이 아주 무기력했을 때, 다시 무언가를 해 보고 싶다는 생각이 든 것도 어느 블로거가 올린 여행기 덕분이었다. 글을 읽으면서 아주 오랜만에 가슴이 뛰었고, 그 여행지에 꼭 가 보고 싶다는 마음이 들었다. 그 마음이 우울하던 일상에 반짝 불을 켜 주었다. 한동안 여행을 준비하는 즐거움으로 살았다. 사정이 생겨서 결국 여행은 가지 못했지만, 그때는 무기력과 슬럼프를 빠져나온 뒤였다.

작지만 한순간, 세계의 전부가 되어 주는 것이 있다. 유튜브 영상 하나가, 책 한 권이, 인터뷰 기사 하나가, 노래 한 곡이 지친 우리에게 손을 내밀어 준다. 우리는 그 손을 잡고 다시 일어선다.

손에 쥔 게
소박하고 별것 아니어도

어두운 밤, 친구와 함께 탄 버스가 코너를 돌자 고층 아파트가 나타났다. 낮은 주택들 사이에서 아름다운 불빛을 뿜어내는 아파트는 우아한 성처럼 보였다. 그 모습에 감탄하고 있을 때 친구가 속삭였다. S 선배가 저기 산다고. 그가 꽤 부자가 되었다고.

잘나가는 것은 알고 있었지만 그 정도인 줄은 몰랐다. 개인적으로 연락하는 사이는 아니었다. 지인들을 통해서 이야기를 들었을 뿐이고 가끔 책이 나오면 읽어 보는 정도였다. 소박하고 담백하면서도 외로움이 묻어나는 글을 썼다. 내가 마지막으로 읽은 책도 그랬다.

친구는 선배의 예전 책들을 좋아했다고 했다. 가난한 청춘일 때 많은 위로가 되었다고. 선배도 가진 게 없는 시절이었다. 그래서 더 절절한 글이 나왔을 것이다. 가진 게 없어도 정신적으로 충만하게 살 수 있다는 것. 단순하고 소박한 삶 속에 행복이 있다는 것. 나도 그때 그 글을 읽으며 생각했다. 삶에서 중요한 것은 돈이 아니라고. 자유로운 사람이 되고 싶다고. 하지만 이제 선배의 상황을 알고 나니 그의 이야기가 조금 공허하게 느껴진 것도 사실이었다. 친구는 씁쓸한 얼굴로 말했다.

"힘든 시간도 지나면 다 추억이 될 거라고 하잖아? 근데 나이 들어서 단칸방 전전하며 산대도 그렇게 말할 수 있을까? 서울에 아파트쯤 있으면 나도 많은 게 괜찮아질 것 같아."

친구는 요즘 이사 때문에 집을 보러 다녔다. 예산에 맞는 집은 한숨이 나왔고, 눈에 들어오는 집은 돈이 턱없이 모자란다고 했다. 친구의 심정을 잘 안다. 나도 집을 보러 다닐 때마다 우울했다. 우리가 구할 수 있는 것은 늘 겨우 그 정도의 집이었다.

힘든 시절도 지나면 추억이 된다는 말은 더 이상 힘들

지 않은 사람만 할 수 있는 이야기다. 죽을힘을 다해서 지금을 견디고 있는 사람은 그 끝이 보이지 않는다. 잘되고 나서 "모든 건 견딜 만했어"라며 인생에 선심 쓰듯이 말하는 것은 언제나 쉽다. 어려운 건 반짝반짝 빛나는 성공 후가 아니라 실패의 과정 중에도 "이 정도면 괜찮아"라고 말하는 것이었다.

무언가를 갖고서 너그러워지는 것은 어렵지 않다. 하지만 나는 많은 것을 갖고 있어서 넉넉하고 여유로운 마음으로 "인생은 살 만한 것이야"라고 말하는 사람이 아니라, 소박하고 별것 아닌 것을 손에 쥐고도 그렇게 말하는 사람이 되면 좋겠다고 생각했다.

특별할 것 없는 인생이지만 지나온 길이 다 추억이었다고. 인생은 꽤나 괜찮은 것이라고. 그렇게 말할 수 있는 마음이 단단한 사람으로 살면 좋겠다고.

욕망으로 삶이
무거워지지 않기 위해서

돈을 벌면서 가장 크게 부린 사치이자 즐거움은 엄마에게 비싼 음식을 사 주는 것이었다. 엄마는 호텔 뷔페에서 도가니탕만 몇 대접을 먹고 오거나 중식 코스를 먹고는 느끼해서 혼났다고, 외국 여행을 가면 김치가 가장 맛있다고 말하는 사람이지만, 그래도 엄마가 가 보지 못한 곳에 더 많이 함께 가고, 먹어 보지 못한 것을 더 자주 사 주고 싶었다.

그래서 수입이 갑자기 줄었을 때 가장 우울했던 이유도 앞으로 엄마에게 그런 것을 해 줄 수 없다는 자책 때문이었다. 더 이상 좋은 식당에 가지 못하게 되었다는 것은 나역시 섭섭한 일이었다. 먹는 일이 그리 중요하지 않은 나 같은 사람도 분위기 좋은 식당에서 예쁘게 세팅된 음식을 보는 것은 놀라운 즐거움이었다. 특별한 사람이 된 듯한, 제대로 대접받는 듯한 기분은 덤이었다.

음식은 우리 안의 욕망을 부추긴다. 더 맛있는 것을 먹고 싶은 욕망. 더 비싼 식당에 가고 싶은 욕망. 더 많은 돈을 벌고 싶은 욕망. 결국, 성공하고 싶다는 욕망. 그래서 많은 것을 할 수 없게 되었을 때 좌절했다. 위로 향하는 삶의 비탈에서 미끄러져서 낙오자가 된 기분이었다.

그런데 그 무렵 나와 가족의 건강상 이유와 윤리적인 문제, 비도덕적인 기업의 제품은 소비하지 않겠다는 이유 등이 맞물려서 완전 채식을 시작하게 되었다. 지금은 채식이나 채식 옵션 식당이 많아졌지만, 당시만 해도 밖에서 먹을 수 있는 음식이 거의 없었다. 대부분 집에서 만들어 먹었고, 점심은 도시락을 싸 갖고 다니면서 해결했다.

종종 같이 일하는 사람들과 비싼 식당이나 호텔 같은 곳에 갈 때도 있었는데 예전과는 달리 별 감흥이 없었다. 어차피 나는 먹지 못하는 음식이 대부분이었다. 채식을 하면서 입맛이 바뀐 탓이 크겠지만, 예전처럼 '여기서 이런 음식을 먹기 위해서 돈을 더 많이 벌어야겠다'라는 생각은 들지 않았다. 먹는 음식이 단순해지면 욕망 역시 작아지는 것일까. 이런 데 자주 올 만큼 돈을 벌지 못한다는 것이 좌절되지도 않았다. 경제적 자립은 언제든 중요한 문제지만, 이제 나에게는 좋은 식당에 가기 위해서 돈을 벌고 싶다는 욕망은 없었다.

내 자책감의 큰 부분을 차지하던 가족도 비슷했다. 우리 가족은 건강 때문에 먹는 것을 조심해야 했고, 그래서 못 먹는 음식이 많아졌다. 입이 즐거운 음식은 대부분 피해야 했다. 비싼 식당에 가는 것보다 유기농 곡류와 채소, 과일로 직접 만든 음식이 건강에 훨씬 도움이 되었다. 이제 나에게는 돈 대신 넉넉한 시간이 있었다. 시간과 정성, 마음만 있으면 되는 일. 내가 할 수 있는 것을 해 줄 수 있어서 다행이었다.

요즘 시대에 음식은 하나의 종교가 되었다. 마음을 위로하고, 힐링이 되고, 스트레스를 잊게 하고, 즐거움을 준다. 그래서 먹는 것을 별로 즐기지 않는다거나 특정 음식을 먹지 않는다고 말하면 "왜? 아니, 도대체 왜?"라면서 신성한 무언가를 모독한 것처럼 대하는 사람도 있다. 내가 어떤 것을 욕망한다고 해서 다른 사람도 그것을 똑같이 욕망해야 할까? 내가 어떤 것에서 즐거움을 느낀다고 해서 다른 사람도 똑같은 즐거움을 느껴야 할까?

　나는 단순하고 소박하게 먹는 것이 좋아졌다. 자연스럽게 음식의 욕망에서 멀어졌고, 삶의 욕망도 그만큼 가벼워졌다. 인생의 어느 한 부분은 그런 곳이 있어도 좋지 않을까? 나를 가볍게 만드는 부분. 다른 사람과 달라도 되는 부분. 내가 나를 믿고 내 방향대로 가도 괜찮은 부분. 욕망으로 삶이 무거워지지 않기 위해서.

제대로, 천천히, 즐겁게

내가 먹지 않는 음식이 많다는 것을 알게 된 사람들은 이렇게 묻고는 했다.

"아니, 뭘 얼마나 오래 살려고 그래?"

쿨한 표정으로 이렇게 말하는 사람도 꼭 있었다.

"나는 먹고 싶은 거 다 먹으면서 짧고 굵게 살 거야."

둘 다 많이 아파 보지 않은 사람의 반응일 것이다. 아픔이 얼마나 삶의 질을 떨어뜨리는지 그들은 잘 모른다.

대학생 때 처음 집을 떠나서 혼자 살았다. 요리를 할 줄 모르는 자취생에게 가장 만만한 것은 즉석식품과 가공식품이었다. 즉석 국에 즉석 카레, 그리고 햄만 있으면 손쉽게 한 끼가 해결되었다. 그 전에는 거의 먹어 본 적이 없는 음식이었다. 외식이나 과자 같은 군것질도 별로 해 본 적이 없었는데 한순간에 먹는 음식이 완전히 달라졌다.

그즈음 어느 때인가부터 몸의 균형과 리듬이 엉망이 되었고 자주 아팠다. 피부 상태는 못 봐 줄 정도로 심각했다. 하지만 그게 내가 먹는 음식과 관련 있을 것이라고는 생각하지 못했다. 사회생활을 시작하면서 상황은 더 나빠졌다. 끼니를 챙겨 먹기가 바쁘고 힘들어서 대충 과자 같은 것으로 때우고는 했다. 위장 장애 때문에 병원에 가는 날이 많아졌고, 응급실행은 연례행사가 되었다.

어느 봄, 응급실에서 돌아온 나는 엄마의 조언대로 흰죽과 양배추 찜을 만들어 먹었다. 속이 편안했다. 이후 한 달 내내 같은 음식만 먹었는데 한 번도 속이 아프거나 불편하지 않았다. 그때 생각했다. 그동안 아팠던 것이 음식 때문인지도 모르겠다고. 그렇게 오랫동안 병원을 다녔지만 나에게 뭘 먹는지 물어본 사람은 없었다. 음식의 중요성에 대해서 이야기해 준 사람도 없었다.

대체 그동안 뭘 먹고 산 것인지, 내가 먹는 음식이 어떻게 만들어지는지, 어떻게 해서 내 밥상까지 오게 되는지 알고 싶었다. 알고 나니 더 이상 먹고 싶지 않은 음식이 생겼다. 나는 내 몸에 아무거나 주고 싶지 않았다. 그동안 당연하게 먹던 것을 먹지 않게 되었다.

물론 몸에 나쁜 음식을 먹지 않는 것이 전부는 아니었다. 예전만큼은 아니지만 나는 여전히 가끔씩 아팠다. 이제 더 이상 나쁜 것을 먹지는 않았지만 그렇다고 좋은 것을 잘 먹은 것도 아니었다. 사실 나는 먹는 것이 그리 중요한 사람이 아니었다. 식사란 일 앞에서는 급하게 해치워야 하는 것이었고, 쉴 때는 귀찮아서 대충 때우거나 적당히 건너뛰는 것이었다. 냉장고에는 먹지도 않고 버려지는 음식이 대부분이었다.

밥 먹는 게 즐거워진 것은 완전 채식을 시작하고 나서다. 많은 사람들이 먹을 것이 없다고 오해해서 "도대체 뭘 먹어?" 묻곤 하는 그 채식 말이다.

내가 먹는 음식은 갓 지은 현미밥과 신선한 채소, 간단한 반찬 몇 가지가 전부다. 소박한 밥상이지만 요리를 전혀 하지 않던 나는 준비 시간이 오래 걸리는 편이다. 나는 그 음식을 단정하게 담아서 천천히 느긋하게 먹는다. 몸과 마음과 시간을 들여서 만든 만큼 후루룩 빠르게 먹어 치울 수가 없다. 그렇게 먹으면서 예전에 비해 훨씬 덜 아프게 되었다. '어떤 것을 먹느냐'만큼 중요한 건 '어떻게 먹느냐'라는 것을 깨달았다.

아무거나 되는 대로 먹는다는 건 내 몸을 함부로 대한다는 것이다. 나는 내 몸에 나쁜 것을 주고 싶지 않다. 아무렇게나 대하고 싶지도 않다. 내가 무신경하게 군다면 몸은 언제든지 예전의 나로 돌아갈 것이다. 간소하지만 제대로, 천천히, 그리고 즐겁게 먹는다. 나에게 좋은 것을 주고 싶다는 마음으로.

나에게 좋은 것을 주고 싶다

　그때는 몰랐다. 왜 그렇게 자꾸 허기가 지는지. 먹어도 먹어도 무언가 채워지는 게 아니라 자꾸 빠져나가는 기분이 드는 것인지.

　"시간 되니? 맛있는 것 좀 먹으러 가자. 내가 살게."

　한창 일을 많이 할 때 퇴근길에 자주 하던 말이었다. 내 기준에 맛있는 음식이란 평소 먹는 백반보다 꽤나 가격이 높은 음식, 파스타나 태국 음식, 인도 음식 같은 것이었다. 한때는 누군가 사 줘야만 먹을 수 있던 것, 누가 이런 음식을 사 준다면 너무 신이 나서 잘 웃지 않던 나도 얼굴에 주름이 잡히도록 웃게 만들던 것들. 하지만 이제 나도 고생한 나에게 그 정도 대접해 줄 여유는 되었다. 맛있는 밥을 먹고 난 다음 달콤한 디저트는 필수. 써야 할 돈은 많았지만 조금도 아깝지가 않았다.

주말이면 쇼핑을 했다. 백화점에서 피부에 좋다는 화장품을 사고, 계절마다 질 좋은 옷도 샀다. 가장 아끼지 않은 것은 책값. 기분 내키는 대로 사들인 책이 너무 많아서 책장의 3분의 1은 읽지 않은 책의 차지였다. 다른 것을 할 시간은 별로 없었다. 운동은 물론이고 휴가도 1년에 한 번뿐이었다. 일주일 이상 시간을 낼 수가 없어서 멀리 여행을 가는 것은 몇 년째 꿈으로만 남아 있었다.

힘들게 고생한 나에게 좋은 것을 주고 싶었다. 그래서 더 맛있는 음식을 사 먹고, 더 예쁜 옷을 사고, 더 많은 책을 사들였다. 이 정도는 나한테 할 수 있어. 나는 많이 벌고 많이 쓰는 삶, 힘든 마음을 물질로 보상하는 삶에 익숙해졌다.

그러다 자의가 아닌 타의로 일을 그만두게 되었다. 수입이 하루아침에 끊겼다. 그동안 아무렇지 않게 해 오던 것을 할 수 없었다. 기분을 내며 비싼 음식을 사 먹을 수 없었고, 백화점에서 화장품이나 옷을 살 수도 없었다. 좋아하는 작가의 책을 전부 사들일 수도 없었다. 내가 누리던 모든 것을 한순간에 빼앗겼다는 생각이 들었다. 나에게 아무것도 해 줄 수 없다니. 좋은 것을 줄 수가 없다니. 순식간에 너무 가난해진 기분, 내 존재가 작고 하찮아진 기분이었다.

수입이 달라지면 생활이 달라져야 한다. 하지만 나는 아직 예전 생활을 갈망했다. 왜 더 이상 그렇게 살지 못하는지 비참해했다. 불행은 거기서 시작되는 것이다. 이상과 현실의 간극에서. 가난한 것은 내 생활이 아니라 마음이었다. 자꾸 뒤를 돌아보는 마음. 다른 곳을 보며 불행해하는 마음. 나는 더 이상 가난해지고 싶지 않았다.

줄어든 수입에 맞는 생활을 해 나갔다. 공과금을 줄이고, 생활비를 아껴 쓰고, 외식을 하지 않고, 꼭 필요한 물건인지 오래 생각하고, 최소한의 쇼핑을 하고, 가까운 곳은 걸어 다녔다.

일과 수입이 줄어든 만큼 시간이 많았다. 끼니를 대충 때우는 대신 간소하지만 건강한 음식을 나에게 요리해 줄 수 있었다. 잠을 제대로 못 자서 늘 머리가 아팠는데, 원하는 만큼 충분히 잘 수가 있었다. 게다가 돈이 별로 들지 않는 운동이라면 얼마든지 가능했다. 산책을 하거나 자전거를 타고 강변을 달리는 일, 구민 센터에서 수영을 하고 요가를 하는 일도. 무엇보다 명상을 하면서 나를 돌아볼 시간이 많았다. 그동안 바쁘게 살면서 너무 오랫동안 나를 내버려 두었다. 무엇을 좋아하는지, 무엇을 하고 싶은지 제대로 물어보지 않았다. 나는 나에게 많은 것을 묻고, 오래 생각했다.

적게 벌고 적게 쓰는 삶, 나 자신과 많은 시간을 보내는 삶에 익숙해졌다. 그리고 어느 순간부터인가 그리 자주 허기를 느끼지 않게 되었다.

돈을 많이 벌 때 나는 나에게 좋은 것을 주고 있다고 생각했다. 하지만 아니었다. 맛있는 음식이나 비싼 물건은 내게 진정으로 좋은 것이 아니었다.

내가 주고 싶은 것은 여유다. 나를 생각하고 가족을 생각할 시간의 여유. 남을 부러워하지 않고 내가 작아지지 않는 마음의 여유. 앞으로도 나에게 좋은 것을 주고 싶다.

몸과 마음의 소리

　오른쪽으로 누워서 자는 습관이 있다. 잠이 안 와서 뒤척이다가도 오른쪽으로 웅크리고 누우면 왠지 안심이 된다. 스르르 잠이 오는 대부분의 순간 역시 오른쪽으로 누워 있을 때다. 팔을 반쯤 올려 접은 만세 자세도 좋아한다. 기지개를 켜듯이 시원해지는 기분이다.

　내가 왜 그런 자세를 좋아하는지 몰랐다. 몸이 좋아하니까, 편하니까 그렇겠지 생각했을 뿐이었다. 운동 선생님이 내 잠자는 자세를 그대로 짚어 내기 전까지는 말이다. "도대체 어떻게 아셨어요?" 묻는 나에게 그는 내 몸을 가리키며 말했다.

　"몸이 다 말해 주거든요. 어깨가 앞으로 많이 굽은 편인데 특히 오른쪽이 더 심해요. 그래서 굽어 있는 오른쪽으로 눕는 걸 좋아하는 거죠. 또 으쓱하는 것처럼 어깨를 자꾸 위로 올리고 있잖아요. 그래서 목이 어깨와 가까워지는 자세, 팔을 위로 올리는 자세도 좋아하는 거예요. 몸은 익숙해진 자세를 좋아해요. 그게 나쁜 자세를 더 나쁘게 만들죠. 굽은 어깨는 더 굽게, 올라간 어깨는 더 올라가게."

　　나는 정반대로 생각했던 것 같다. 수분이 부족하면 갈증이 나서 물을 마시는 것처럼, 자꾸만 오른쪽으로 누웠던 것은 그게 나한테 필요했기 때문이라고. 알게 모르게 왼쪽을 많이 쓰고 있으니 오른쪽도 좀 챙겨 보라는 몸의 배려 같은 것이었다고. 하지만 아니었다. 내 몸이 필요로 했던 것이 아니구나. 편하고 익숙한 것만 찾는 내 몸은 나를 닮아 게을렀던 것이구나.

　　처음에는 몸도 힘들었을 것이다. 이 사람이 왜 나를 이런 식으로 쓰지? 불편했을 것이다. 불편함이 편안함이 될 때까지, 곧았던 몸이 휠 때까지, 길었던 근육이 짧아지고 짧았던 근육이 늘어날 때까지 얼마나 긴 시간 비명을 지르고 있었을까. 왜 나는 단 한 번도 듣지 못했을까. 오랜 세월에 걸쳐 익숙해진 자세와 습관이 나를 아프게 하는 줄 몰랐다.

휘고 비뚤어지고 구부러지고. 내가 내 몸을 이렇게 잘못 쓰고 있는 줄도 몰랐다.

그런데 내가 몰랐던 것이 몸뿐일까? 마음은 괜찮을까? 구부러지고 비뚤어지고 꼬였는데 반듯한 줄 아는 것은 아닐까. 익숙해서 모르는 것 아닐까. 편해서 바꾸고 싶지 않은 것이 아닐까. 내가 나를 망가뜨리는지도 모르고 나쁜 방향으로 계속 가고 있는 것은 아닐까.

쓰지 않으면 잊어버리는 외국어처럼 자꾸 알려 줘야 한다. 그게 아니라고. 지금 잘못 쓰고 있다고. 다시 돌아가자고. 몸과 마음의 소리에 귀를 기울여야 한다. 지금 어디에 와 있는지. 어디로 가고 싶은지. 어디로 가고 있는지.

마음의 통증

허리가 또 말썽이다. 1년에 서너 번쯤은 그런다. 달팽이처럼 느리게 걸어서 집 앞에 새로 생긴 정형외과에 간다. 접수대의 간호사는 이름과 생년월일, 증상을 물은 다음 표가 그려진 종이 하나를 내민다.

"지금 통증을 1에서 10까지 강도로 표현한다면 어느 정도로 아프세요?"

뭐라고 대답해야 할지 잘 모르겠다. 주관적인 강도일까, 객관적인 강도일까. 아파서 죽을 것 같다고 말하고 싶지만 걸어 다닐 만은 하니까 "6 정도 될까요?"라고 대답한다.

통증을 숫자로 대답한 것은 처음이다. 간단하네. 아픔의 강도를 숫자로 나타낼 수 있다니. '나는 이 정도 아파요'

하고 수치로 말할 수가 있다니. 그런데 이건 몸의 통증에만 해당하는 것일까? 마음의 통증에도 이런 표가 있을까?

그때 만약 누군가 내 마음의 통증을 물어봤다면 가장 오른쪽 끝인 10을 가리켰을 것이다. 여러 가지로 힘든 시간을 지나고 있을 때였다. 마음의 통증은 허리 통증에 비할 바가 아니었다. 시시때때로 가슴이 끊어지는 것처럼 아파서 숨이 잘 쉬어지지 않았다. 마음이란 심장 안쪽에 있는 것이 아닐까 생각할 정도였다.

하지만 마음의 아픔을 어떻게 다뤄야 하는지 알 수 없었다. 그냥 놔두는 것밖에는 방법이 없었다. 시간과 함께 나아지기를 바랄 뿐 달리 뭘 할 수 있을지 몰랐다. 물론 때로는 그런 방법이 맞을 수도 있다. 하지만 그것만으로는 충분하지 않을 때가 있다.

인터넷에서 법륜 스님의 영상을 본 적이 있다. 아무것도 하기 싫다는 사람이 고민을 털어놓았다. 먹기도 싫고 자기도 싫고 놀기도 싫다고. 사는 일이 재미가 없고 우울하기만 하다고. 어떻게 하면 좋을지 모르겠다는 그에게 스님이 말했다.

"그럴 땐 병원에 가서야 합니다."

답하는 사람이 스님이니까 상담자는 다른 대답을 기대한 것 같다. 마음을 어떻게 살피고 돌봐야 하는지, 마음의 문제를 스스로 해결할 수 있는 방법 같은 것 말이다. 하지만 스님은 고개를 저었다. 마음이나 의지로 가능한 것이 있고 아닌 것이 있다고. 내 의지로 어쩌지 못하는 문제라면 병원에 가서 상담을 받고 치료를 받아야 한다고.

상담자는 9나 10 정도 되는 마음의 통증이 있지만 본인은 그보다 훨씬 낮다고 생각했을지도 모른다. 그러니 별것 아니라고, 충분히 혼자 해결 가능하다고, 다만 방법을 모르는 것뿐이라고 생각했을 것이다.

우리는 생각보다 자신의 마음을 잘 모른다. 지금 마음 상태가 어떤지, 아프다면 어느 정도 강도로 아픈지, 그 아픔을 어떻게 대하고 있는지. 한번 아픔에 무신경하기 시작하면 우리 뇌는 점점 아픔에 반응하지 않는다고 한다. 익숙해지면 아파도 아픈 것을 모르게 된다. 잘 모르니까 자주 묻고 살펴야 한다. 괜찮은지 아닌지. 마음에 관한 한 무심한 것보다는 엄살이 나을지도 모르겠다.

곁에 있는 소중한 사람들에게도 종종 물어봐야 할 것이다. 마음이 어떤지. 안녕한지. 아프지는 않은지. 괜찮은지.

예민하지 않았다면
그냥 그렇게 살았겠지

몇 년 전 위장 장애로 크게 고생하던 때였다. 병원을 다니고 약을 먹어도 별로 좋아지지 않았다. 그러다 거리 한복판에서 갑자기 통증이 심해졌다. 숨이 쉬어지지 않을 정도로 힘들어서 가장 가까운 병원을 찾아갔다. 의사는 증세를 다 듣기도 전에 내 몸 상태를 잘 아는 것 같았다. 그동안 몸의 어디가 약하고 어디가 자주 아팠는지도 척척 맞혔다. 의사를 찾아온 것인지 타로 마스터를 찾아온 것인지 모를 정도였다.

"몸이 많이 예민하죠? 그동안 먹고 탈 난 음식, 안 좋았던 음식, 하나하나 제하고 나니까 지금 먹는 것만 남은 거 아닌가요?"

그랬다. 내 몸에서 가장 마음에 들지 않는 점이 그 예민함이었다. 예민함은 먹는 일에 가장 크게 반응해서 뭐가 되었든 조심조심 먹어야 했고, 조금만 신경 쓰이는 일이 있어도 금방 체했다. 싫은 사람과는 밥을 먹지 못했고, 아무리 조심해도 위장 장애 때문에 1년에 한 번씩은 응급실 신세를 졌다. 너무 예민해서 피곤하다는 나에게 의사가 말했다.

"몸이 좋은 선생님이에요. 몸이 싫어하는 걸 모르고 계속 먹어서 결국 건강이 안 좋아지는 사람도 많아요. 몸은 망가지기 전까지는 신호를 잘 보내지 않거든요."

그때는 너무 아파서 그 이야기를 한 귀로 흘렸다. 둔하고 무뎌도 좋으니까 그냥 좀 안 아프면 좋겠다고 생각했다. 하지만 지나고 보니 그런 예민함이 지금의 나를 만든 것 같다. 남들은 있는지 없는지도 모르고 지나간 것이 유독 나에게는 경고등이 되어 크게 깜빡이고는 했으니 말이다.

고기를 먹지 않게 된 것도 그 예민함 때문이었다. 친구들과 외식을 하고 나면 몸과 마음의 컨디션이 엉망인 날이 있었다. 소화가 안 되고, 몸이 무겁고, 머리가 아프고, 기분은 바닥으로 가라앉았다. 어느 날은 특히 더 안 좋았는데 이유를 알 수 없었다. 컨디션이 별로일 때는 음식과 관련된 경우가 많았다. 그래서 외식할 때마다 내가 어떤 음식을 먹었는지 적기 시작했다. 몇 달의 데이터가 쌓이자 이유가 한눈에 보였다. 고기였다. 몸이 안 좋을 때마다 그 전날 메뉴에는 항상 고기가 있었다. 그때부터 고기를 먹지 않게 되었다.

나중에는 좋아하던 해산물도 끊고 달걀과 우유, 유제품까지 먹지 않게 되었는데, 그건 생각과 마음의 예민함 때문이라고 할 수 있다. 무언가를 알게 된 이후, 아무 일도 없었던 것처럼 이전으로 돌아갈 수는 없었기 때문이다.

내가 점점 느긋해지고 여유로워진 것, 안 좋은 일을 마음에 오래 담아 두지 않고 잘 잊는 것, 그리고 화를 잘 내지 않게 된 것도 결국은 예민함 때문이었다. 예전의 나는 걱정이 많았다. 작은 일에도 전전긍긍했다. 속상한 일이나 화나는 일이 있으면 며칠이고 떠올리며 끙끙댔다. 그때 나는 "그냥 잊어버려"라는 조언이 가장 싫었다. 잊어버리라니, 참 쉽기도 하지. 그게 안 되니까 힘든 건데. 그런데 어느 순간부터 신경을 쓰거나 화를 내면 몸이 아팠다. 열이 나고, 가슴이 답답하고, 체해서 고생했다. 화내지 않기, 심호흡하기, 다른 생각하기. 몸이 아프지 않기 위해서 시작한 일이지만 결국 마음을 위해서도 좋은 일이 되었다.

한때는 내 예민함이 싫었다. 하지만 예민하지 않았다면 뭐가 좋고 나쁜지 생각하지 않고 덜 조심했을 것이다. 세상 많은 것에 무관심한 채로 별 신경 쓰지 않았을 것이다. 누군가의 아픔이나 슬픔에 덜 공감했을 것이다. 그냥 그렇게 적당히, 지금의 나와는 무척 다른 모습으로 살았을 것이다. 돌이켜 보니 예민한 게 그리 나쁜 것만은 아니었다.

남들이 말하는 나 말고

　다른 사람들의 말이나 시선을 딱히 신경 쓰는 편이 아니다. 예민한 성격이 있는 반면에 또 그런 쪽에는 무딘 편이다. 하지만 오래전, 나도 그렇지 않던 때가 있었다.

　대학생 때 갑자기 친해진 친구가 있었다. 수강하는 과목이나 동아리 활동, 같이 어울리는 친구들까지 비슷한 점이라고는 전혀 없어서 서로 부딪칠 일이 없었다. 그런데 어느 날 갑자기 덜덜거리는 오토바이를 끌고 와서는 나에게 "태워 줄까?" 물었다. 그 뒤로 같이 밥을 먹거나 집에 데려다주거나 하면서 가까워졌는데, 그 친구가 왜 나에게 말 그대로 스르륵 다가왔는지 궁금해졌다. 그는 무슨 연구 과제 보듯 나를 보더니 말했다.

"궁금했어. 너는 어떤 생각을 하면서 사는지. 뭔가 특별한 분위기가 있었거든."

내가 특별한 사람이었다고는 생각하지 않는다. 과 활동에는 별로 관심이 없는 아웃사이더였을 뿐. 하지만 나를 특별하게 생각했다는 말이 기분 나쁠 리 없었다. 다만 특별할 게 없는 사람에게서 특별한 것을 기대하다니, 나에 대해서 잘 알게 되면 실망하겠네, 그런 생각을 했다.

"그래서? 뭐가 있어?"

"글쎄. 좀 더 봐야 알 것 같아."

그 이야기를 듣고 조금 부담스러웠다. "알고 보니 별거 없는데?" 하는 대답이 나올까 봐. 그 뒤로 어떤 말이나 행동을 할 때면 '이건 너무 평범하지 않을까?' '조금 더 시크해야 하나? 아니면 시니컬한 쪽이 나은가?' 생각했다. 특별한 사람으로 보이고 싶은 마음은 없었지만 상대방이 그런 기대를 갖고 다가오면 거기에 맞춰야 할 것만 같았기 때문이다. 그때부터는 또 다른 내가 부담을 짊어져야 한다.

나를 '스톤 페이스'라고 불렀던 강사도 기억난다. 웃는 모습을 한 번도 보지 못했다며 그렇게 불렀다. 나는 그리 자주, 해맑게 웃는 사람은 아니었다. 세상에 불만이 가득하고 시니컬 지수가 정점을 찍을 때였으니 더했을 것이다. 그래도 그렇지, 그 정도로 웃지 않는 줄은 몰랐다.

하지만 강사가 모든 수강생 앞에서 그렇게 이야기하고 난 뒤에는 더더군다나 웃을 수 없었다. 정말로 웃고 싶은 상황에서도 웃음을 참았다. 강사의 기대에 부응해 줄 마음은 없었지만, 이미 그렇게 되어 버렸기 때문에 웃지 않는 아이로 남아야 할 것 같았다.

배낭여행에서의 일도 있었다. 호스텔에서 만난 사람들과 며칠 동안 같이 여행을 다녔다. 그 전 여행지에서 하나뿐인 겉옷을 잃어버렸는데 옷을 살 돈이 없었다. 그래서 추위를 막아 보려고 머리에 스카프를 칭칭 감고, 몸에는 담요를 두르고 다녔다. 단정한 직장인이던 그들에게는 그런 내가 독특해 보였나 보다. 잔디밭에 아무렇지 않게 앉거나 눕는 것, 졸리면 벤치에 누워서 자는 것도. 그들은 나를 '집시 걸'이라고 불렀다. 그렇게 불린 순간부터 왠지 더 그렇게 행동해야 할 것 같았다. 더 자유롭게, 더 집시처럼.

별생각 없이 한 행동 하나에 누군가 '너는 이런 아이구나' 하며 나를 규정하는 이름표를 붙인다. 그러면 그때부터 나는 그 이름표에 맞춰서 행동한다. 이제 나는 그렇게 되어 있으니까. 나 아닌 나로 사는 것은 꽤나 불편한 일이다. 하지만 변했다는 이야기는 듣고 싶지 않아서, 어쩌면 상대방이 실망할 것 같아서 나에게 맞지 않는 옷, 불편한 옷을 계속 입고 있는 경우도 있다.

　하지만 상대방의 이야기를 계속 마음에 담아 두고 되새기는 것은 나쁘다. 명절이면 뻔한 질문을 하는 친척처럼 사람들은 그저 한두 마디 던질 뿐, 자신이 무슨 말을 했는지도 곧잘 잊어버린다. 다른 사람의 시선과 생각이 신경 쓰일 때면, 떠올린다. 세상 사람들은 나에게 그리 관심이 없다는 것을. 그들은 자기 삶을 살기에도 너무나 바쁘다는 것을.

잃어버린 것들이
사는 마을

　시골 도서관에는 내가 찾는 책 두 권이 다 있었다. 서울에서는 한 달 이상 기다려야 겨우 차례가 돌아오는 책. 여기서는 책을 빌려 가는 사람들이 그만큼 적은 거겠지. 그런데 도서관 앱에 '대출 가능'이라고 표시된 책이 서가에서는 보이지 않았다. 간혹 대충 꽂아 넣는 경우가 있어서 넉넉하게 윗줄과 아랫줄까지 살펴봤지만 없었다. 쪼그리고 앉아서 찾기를 10여 분. 결국 사서에게 도움을 청했다. 사서는 내가 내민 휴대전화를 조심스레 받아 들고 책 제목을 보더니 찾아보겠다는 말 대신 짧게 한숨을 내쉬었다.

　"이 책들, 분실된 상태예요."

　그 말이 얼핏 이해가 되지 않았다. 빌려 간 사람이 잃어버려서 반납을 하지 못했다는 것일까?

"도서관 안에서 분실된 거예요. 책이 도서관 안에 있기는 한데, 어딘가에 잘못 꽂혀 있어서 찾을 수가 없는 거죠."

파티장을 잘못 찾은 손님처럼 엉뚱한 곳에 가 있는 책. 왜 제자리가 아닌 다른 곳에 꽂혀 있을까. 그 책을 꺼냈던 사람이 부주의했던 것일까. 귀찮아서 대충 아무 곳에나 꽂아 놓은 것일까. 아니면 그 책을 너무 좋아해서 혼자만 읽으려고 몰래 숨겨 놓았을까. 반대로 너무 싫어해서 아무도 읽지 못하게 하고 싶었을까.

도서관에 있는 책을 처음부터 끝까지 일일이 확인하기란 어렵다. 누군가 우연히 발견하기 전까지는 찾기 힘들 것이다. 차라리 연체 중인 게 나을 텐데. 누가 빌려 갔는지 확실하게 알 수는 있으니까. 독촉이라도 할 수 있잖아. 늦더라도 반납할지도 모르고.

혹시 책을 찾게 되면 연락을 달라고 전화번호를 남기고 왔다.

며칠 뒤, 도서관에 시집을 빌리러 갔을 때였다. 찾고 있던 책의 청구 기호는 811로 시작했다. 811…… 811……. 손가락으로 책등을 훑는데 813이라는 숫자가 눈에 들어왔다.

얄팍한 시집들 사이 세 배는 두툼한 책이 꽂혀 있었다. 소설집이었다. 처음 보는 작가, 처음 듣는 제목의 책이었다. 출간된 지 꽤 되었는데 거의 새것 같았다. 많이 빌려 간 책이 아니라서 그렇겠지. 하지만 이렇게 잘못 꽂혀 있으면 빌리고 싶어도 빌릴 수가 없잖아.

잠깐의 귀찮음을 뒤로하고 책을 뽑아 들고는 원래 자리를 찾아서 꽂았다. 표지도 제목도 눈에 띄지 않는 책. 그래도 누군가 소설 코너에서 책을 훑어보다가 우연히 뽑아들고 읽어 줄지도 모른다. 좋은 책을 만났다고 생각할지도 모른다. 울적한 날이었는데 아주 조금 괜찮은 사람이 된 것 같았다. 잠깐 좋은 사람이 되는 거 별것 아니다. 이런 날의 나는 내가 마음에 든다.

책을 부탁한 것도 잊었을 무렵, 도서관에서 내가 문의한 책 한 권을 찾았으니 가지러 오라고 연락이 왔다. 다른 책은 아직도 찾고 있다고 했다. 하지만 책을 다 읽고 반납할 때까지도 다른 한 권은 돌아오지 않았다. 작은 시골 도서관이지만 잃어버린 책을 찾기에는 바다처럼 깊고 우주처럼 넓은 것이다. 어딘가에 있지만 그게 어딘지 알 수가 없다. 그래도 찾다 보면 찾을 수 있지 않을까? 시간이 오래 걸린다 해도. 분명 그 안에 있을 테니까.

살면서 내가 잃어버린 것, 어쩌면 잃어버린 줄도 모른 채 사는 것, 내 안에도 있을 것이다. 동그랗게 모여서 작은 마을 하나를 이루고 있을 것이다. 한때는 내 안에 있는 줄도 모르고 밖으로만 헤매고 다녔다. 다른 사람들을 곁눈질하고 부러워하고 의기소침해하면서. 자책이 빵 부스러기처럼 우수수 떨어지곤 하던 그 시절, 우울은 발밑에 흩어진 자책을 먹고 비둘기처럼 살이 포동포동 올랐다.

정말로 중요한 것은 밖이 아니라 내 안에 있었다. 자꾸 들여다봐야지. 물어봐야지. 살펴봐야지. 어디 잘못 꽂힌 마음은 없는지. 잃어버리고 사는 마음은 없는지. 잘 살고 있는지.

시간이 하는 일

2021년 12월 07일 초판 01쇄 인쇄
2021년 12월 15일 초판 01쇄 발행

글 권미선
사진 Unsplash

발행인 이규상   편집인 임현숙
편집팀장 김은영
책임편집 황유라   교정교열 이정현
디자인팀 최희민 권지혜 두형주   마케팅팀 이성수 이지수 김별 김능연
경영관리팀 강현덕 김하나 이순복

펴낸곳 (주)백도씨
출판등록 제2012-000170호(2007년 6월 22일)
주소 03044 서울시 종로구 효자로7길 23, 3층(통의동 7-33)
전화 02 3443 0311(편집)   02 3012 0117(마케팅)   팩스 02 3012 3010
이메일 book@100doci.com(편집·원고 투고) valva@100doci.com(유통·사업 제휴)
블로그 blog.naver.com/h_bird   인스타그램 @100doci

ISBN 978-89-6833-349-1 03810
© 권미선, 2021, Printed in Korea

허밍버드는 (주)백도씨의 출판 브랜드입니다.
이 책은 저작권법에 따라 보호받는 저작물이므로 무단 전재와 복제를 금지하며,
이 책 내용의 전부 또는 일부를 이용하려면 반드시 저작권자와 (주)백도씨의 서면 동의를 받아야 합니다.

* 잘못된 책은 구입하신 곳에서 바꿔드립니다.